Fräulein Schneider und das Weihnachtsturnier

Rainer Moritz

Fräulein Schneider
und das
Weihnachtsturnier

edition ❖ chrismon

Bibliografische Information der Deutschen Nationalbibliothek: Die Deutsche Nationalbibliothek verzeichnet diese Publikation in der Deutschen Nationalbibliografie; detaillierte bibliografische Daten sind im Internet über http://dnb.d-nb.de abrufbar.

© 2020 by edition chrismon in der Evangelischen Verlagsanstalt GmbH · Leipzig
Printed in Germany

Das Buch wurde auf alterungsbeständigem Papier gedruckt.

Coverbild: pasja1000/Pixabay.com, Illustration:
Orlando Hoetzel, Berlin
Covergestaltung: Anja Haß, Leipzig
Satz: makena plangrafik, Leipzig
Druck und Bindung: CPI books GmbH, Leck

ISBN 978-3-96038-255-3 // eISBN (PDF) 978-3-96038-268-3
eISBN (EPUB) 978-3-96038-269-0
www.eva-leipzig.de

1

Selten, dass ihm seine Mutter schrieb. Zu Ostern oder zu seinem Geburtstag vielleicht, wenn er nicht auf Besuch kam. Als er an einem Januarmorgen den Brief zwischen dem Prospekt eines Pizza-Lieferdienstes und einer Mitteilung der Hausverwaltung herausfischte, erkannte er ihre Handschrift gleich. Die runden, zierlichen Bögen, die sich auf dem quadratischen Umschlag zu verstecken schienen, das Hellblau des Kugelschreibers, der auf dem Sekretär seiner Mutter seit Jahr und Tag an derselben Stelle lag, die schräg aufgeklebte Briefmarke und das „Dipl.-Ing." vor seinem Namen ... unnötig, nach einem Absender zu suchen. Und zwecklos wäre das zudem gewesen, denn seine Mutter empfand es als unnötige Zeitverschwendung, ihre Adresse auf Umschlägen zu hinterlassen. Auf ihren gefütterten Umschlägen selbstverständlich, eine andere Sorte verwendete sie nicht, als ob die Briefe im kalten Briefkasten gewärmt werden müssten. Niemanden gehe es etwas an, dass sie jemandem einen Brief schreibe, und den Postboten zweimal nicht. Auf den Absender grundsätzlich zu verzichten brachte den Vorteil mit sich, dass keiner ihr vorwerfen könne, die Angabe vergessen zu haben.

Sie vergaß viel, was nichts mit ihrem fortgeschrittenen Alter zu tun hatte. Nein, Mutter, bei dir ist das kein Anzeichen von ersten Demenzerscheinungen, schusselig warst du schon als junge Frau und als Mädchen vermutlich auch. Sie schüttelte unwirsch den Kopf, wenn ihre Kinder so mit ihr sprachen. Ich hab halt immer viel zu tun, fix muss es gehen, da kann man nicht an alles denken, und die wichtigen Sachen vergesse ich nicht, keine Sorge.

Es hatte keinen Zweck, ihr zu widersprechen. Seine Schwester und er sahen sich an, und jedem fiel etwas anderes ein: die Badesachen, die im Urlaubskoffer fehlten, die Hefe, die es zum Kuchenbacken gebraucht hätte, oder die nicht abgelösten Preisschilder auf den Weihnachts- und Geburtstagspäckchen.

Er blieb im Hausflur stehen, ärgerte sich über die trübe Deckenleuchte, die seit Wochen flackerte, und riss den Umschlag mit einem Ruck auf. Ein Zeitungsausschnitt fiel zu Boden, die Karte mit dem in altmodischer Kursivschrift eingedruckten Namen seiner Mutter bekam er gerade noch zu fassen: „Lieber Konrad! Heute stand diese Todesanzeige in der Zeitung. Vielleicht interessiert sie dich. An Fräulein Schneider erinnerst du dich, oder? An Weihnachten hast du sie immer besucht. Und dann wurde sie sogar berühmt. Melde dich mal wieder. Mutti."

Fräulein Schneider … ja, Fräulein Schneider aus der Mörikestraße, natürlich! Er hob das Stück Zeitung auf, eine Anzeige im kleinstmöglichen Format, aufgegeben von der Firma für Industrie- und Baubedarf, für die sein Vater ein halbes Leben gearbeitet hatte. Man betraure den Tod von Fräulein Elfriede Schneider, die bis zu ihrem Ruhestand siebenundzwanzig Jahre in der Buchhaltung des Unternehmens gearbeitet habe, und werde ihr ein ehrenvolles Andenken bewahren. Am 23. Dezember war sie verstorben, im Alter von achtundneunzig Jahren, wie Konrad ausrechnete. Ein pflichtbewusstes Erinnern ihres alten Arbeitgebers. Anzeigen von Verwandten oder Freunden schien es nicht gegeben zu haben, die hätte ihm seine Mutter mitgeschickt. Die Beerdigung musste schon stattgefunden haben. Ob sie auf dem Hauptfriedhof begraben worden war?

Er lehnte sich an die grünweißen Fliesen des Hausflurs und begann zu lächeln. Wann hatte er zum letzten Mal an Fräulein Schneider gedacht? Fräulein, ja, Fräulein, komisch, dass man selbst in der Todesanzeige nicht auf diese ganz aus der Mode gekommene Anrede verzichtet hatte. Als ob die Firma es selbst nach so vielen Jahren nicht wagte, von einer Frau Elfriede Schneider zu reden, als fürchtete man ihren Zorn noch aus dem Jenseits. Es gefiel ihm, an sie zu denken, er brauchte sich nicht anzustrengen, um ihr Gesicht vor sich zu sehen. Sein Körper straffte sich, er fühlte sich ein Vierteljahrhundert jünger, er meinte, kurze Hosen an seinen Beinen zu spüren, obwohl Fräulein Schneider ihn nie in kurzen Hosen zu Gesicht bekommen hatte. Wie einfach es war, seine Erinnerung anzuknipsen, selbst bei dem flackernden Licht im wie immer zugigen Hauseingang ...

Fräulein Schneider, eine ungewöhnliche Frau, nicht zu vergleichen mit denen aus der Nachbarschaft. *Das* Fräulein Schneider, wie die Eltern sagten. Als wäre sie ein Neutrum oder zumindest ein Unikum gewesen. Das Fräulein Schneider freut sich, wenn du kommst. Und bedank dich schön ...

2

Vater erzählte wenig von seiner Arbeit, und wenn er seinen Ärger beim Abendessen loswerden musste, hörte ihm Konrad nicht zu und achtete lieber darauf, dass ihm seine Schwester nicht das letzte Stück Fleischwurst vor der Nase wegschnappte. Was kümmerten ihn Vaters Auseinandersetzungen mit Kunden, die mit den gelieferten Heizungen oder Sanitäranlagen unzufrieden waren und reklamierten. Oder sich über das Nichtfunktionieren der frisch eingebauten Sicherheitstechnik beschwerten, bei Vater, der eine Art Vorgesetzter war für die im Außendienst Beschäftigten. Auf komplizierte Schließsysteme und Alarmanlagen hatte sich Vaters Firma neuerdings spezialisiert, was Konrad neugierig machte, denn von Einbruch und Diebstahl handelten die Fernsehkrimis im Vorabendprogramm, die er manchmal sehen durfte.

Weil Vater so etwas wie ein Abteilungsleiter war, hatte er eine Sekretärin, die allerdings auch für andere Vorgesetzte oder Abteilungsleiter arbeitete. Frau Brenninger hieß sie und zählte zu den wenigen Kolleginnen und Kollegen, von denen Vater zu Hause erzählte. Wenn er die Herren Sieloff, Hägele oder Sawitzki erwähnte, dann meistens in ungehaltenem Ton. Als wären das samt und sonders Unfähige, die den Erfolg der Firma beeinträchtigten und die Zeichen der Zeit nicht erkannten. Ganz zu schweigen von Doktor Förster, einem Akademiker, einem Theoretiker, der von der Praxis keine Ahnung hatte und Vater jede Woche Optimierungsideen unterbreitete. Ein Doktor, der kein Mediziner war, das zählte in Vaters Augen nichts.

Mit den Sieloffs, Hägeles oder Sawitzkis wollten Vater und Mutter privat nichts zu tun haben. Allenfalls die Küblers kamen drei-, viermal im Jahr zum Abendessen, wahrscheinlich weil Herr Kübler in einem ganz anderen Bereich arbeitete und mit Vater in der Firma kaum etwas zu schaffen hatte.

Und Fräulein Schneider aus der Buchhaltung. Sie musste Jahre vor Konrads Vater in die Firma eingetreten sein und genoss einen legendären Ruf. Eine Frau, die sich offenkundig nie darum bemüht hatte, einen leitenden Posten zu übernehmen und als stellvertretende Buchhaltungsleiterin zusah, wie diejenigen, die an ihr vorbeigezogen oder von auswärts gekommen waren, alsbald resignierten und die Firma wieder verließen. Männer allesamt, denn es war selbstverständlich, dass ein gestandener Mann der Buchhaltung eines so bedeutenden Unternehmens vorzustehen hat. So zumindest pflegte Fräulein Schneider sich zu erklären, wenn die Geschäftsführer ihr die Leitungsstelle antrugen. Nein, das traue sie sich nicht zu, sie arbeite gern im Windschatten. Zudem sei sie eine alleinstehende Frau mit vielerlei Interessen, die sich von der Berufstätigkeit nicht auffressen lassen wolle. Keiner wusste freilich, ob Fräulein Schneiders treuherzigem Augenaufschlag zu trauen sei.

So blieb sie die ewige Stellvertreterin und erfuhr stillschweigend Wertschätzung von allen Seiten. Ja, manche fürchteten sie, wenn ihr Adlerblick fehlerhafte Rechnungen zurückgehen ließ und sie von der weiteren Zusammenarbeit mit Firmen ohne Zahlungsmoral abriet. Fräulein Schneider offen zu widersprechen wäre niemandem in den Sinn gekommen.

Zu Konrads Vater schien Fräulein Schneider Zutrauen gewonnen zu haben. Vielleicht weil er wie sie von der Schwäbischen Alb stammte, genauer vom Fuße der Schwäbischen Alb. Uns kann man nichts vormachen, betonte sie, wenn einer wie Doktor Förster versuchte, ihnen die Welt zu erklären. Dann lachte sie laut auf, ein dröhnendes, schepperndes Lachen, das so schnell abklang, wie es losgebrochen war, und in einem japsenden Schlucken endete. Wenn Fräulein Schneiders Lachen durch die Kantine oder das Treppenhaus zog, sahen die meisten beiseite und scheuten sich danach zu fragen, wem dieser leicht grollend-hämische Ausbruch galt. Die Gefahr, dass man selbst gemeint sein könnte, war nicht gering.

Fräulein Schneider galt nicht nur als Expertin in Buchhaltungsfragen. Sie verstand auch etwas von Automobilen und wurde von den Chefs um Rat gefragt, wenn es um die Anschaffung neuer

Dienstwagen ging. Welchem Mercedes-Modell solle man den Zuschlag geben und in welcher Ausstattung? Fräulein Schneider fuhr einen himmelblauen Käfer Cabrio 1303 mit Weißwandreifen, der, wie Konrads Vater erzählte, jedes Mal Aufsehen erregte, wenn sie ihn in vorderster Reihe auf dem Firmenparkplatz abstellte und betont langsam ausstieg. Im Sommer trug sie eine aus der Zeit gefallene dunkelbraune Lederkappe, die unter dem Kinn festgeschnallt wurde. Sie sah damit aus wie eine Figur aus einem Heinz-Rühmann-Film, Bruchpilotin Schneider, wie einige sie hinter vorgehaltener Hand nannten.

Und nicht zuletzt hatte sie sich einen exzellenten Ruf als Fachfrau für Fußballfragen erworben. Dass die sich dafür interessiert, hatte Konrads Mutter kopfschüttelnd angemerkt, als sie hörte, wie die Männer in der Firma sich montags mit der Buchhalterin über die aktuellen Bundesligaergebnisse und die Höhepunkte der unteren Ligen unterhielten. Dem Fräulein Schneider kann man nichts vormachen, hieß es, sie hatte alle Tabellen und Aufstellungen selbst der niedersten Klassen parat und wusste genau, was von diesem Spieler und jenem Trainer zu halten war. Und vor allem ging sie bei jedem Wind und Wetter zu den Heimspielen ihres Clubs, des Vereins für Rasenspiele. Einen Regenschirm in der Hand, einen Fanschal um den Hals, stieg sie um die Mittagszeit in den Bus, um rechtzeitig ihren Platz im Kassenhäuschen einnehmen zu können.

Fräulein Schneider verkaufte Eintrittskarten. Mitglieder, Rentner und Schüler ermäßigt, sie achtete sorgfältig darauf, dass keiner sie beim Wechselgeld über den Tisch zog. Ihre Kasse stimmte immer, und wenn um 15 Uhr das Spiel angepfiffen wurde, faltete sie das Rollo herunter und stürmte zu ihrem Stammplatz in der Ostkurve, wo sie von einer Handvoll Männer, die sie nur auf dem Sportplatz sah, mit lautem Hallo begrüßt wurde. Längst hatte die eingeschworene Truppe Fräulein Schneider in ihren Kreis aufgenommen. Wer am Anfang über die korpulente Frau mit Schal gelächelt hatte, gab das spätestens auf, wenn sie eine kniffelige Abseitsentscheidung fachkundig erklärte und so die Besserwisser zum Schweigen brachte. Allzu viele waren es nicht mehr, die die Spiele des Vereins sehen wollten. Die Übriggebliebenen verloren sich im Rund des inzwischen viel zu großen Stadions, zu lange, über zehn Jahre, lag die glanzvolle Ära des Vereins zurück. Damals, als man fast in der höchsten Spielklasse antrat und im Pokal zum Schrecken der Großkopfeten, der Spitzenclubs aus der Bundesliga, geworden war. Natürlich besaß Fräulein Schneider schon zu diesen seligen Zeiten eine Dauerkarte und hätte eher alle Wein- und Volksfeste ausgelassen als eine Partie ihrer Rasenspieler.

Fräulein Schneider und der Fußball, das war eine lang anhaltende Liebesbeziehung. Am Kartenschalter lernte Konrad sie kennen, als er mit acht oder neun Jahren erstmals allein ins Stadion ging. Schau, ob du das Fräulein Schneider siehst. Und sie war leicht zu erkennen, denn in den anderen Häuschen saßen ausschließlich Männer, Rentner meistens. Fräulein Schneider lachte auf, wenn sie Konrad erkannte, winkte ihm durch die Plexiglasscheibe zu, schob ihm augenzwinkernd eine Eintrittskarte hin und dazu ein Zwei-Mark-Stück. Fußball ohne Bratwurst, das geht nicht, sagte sie, viel Spaß, Junge, auf dass wir heute die Punkte einfahren. Seinen Eintritt bezahlte sie offenbar aus eigener Tasche. Wahrscheinlich verstand sie das als Nachwuchsförderung. Und dass er der Sohn eines Arbeitskollegen war, der widerspruchslos ihre buchhalterischen Anmerkungen akzeptierte und zudem vom Fuße der Schwäbischen Alb stammte, war für sie ein gutes Omen – und auch für ihren Verein. Überdies galt es zu verhindern, dass der Junge zum Lokalrivalen überlief, unbedingt.

3

Fünf Minuten Fußweg waren es bis zu dem dreistöckigen Haus, in dem Fräulein Schneider unter dem Dach wohnte. Seit Urzeiten, wie es schien. Konrads Eltern konnten sich nicht erinnern, dass sie je woanders als hier im ruhigen Osten der Stadt gelebt hätte. Gegenseitige Besuche hatte man sich nie abgestattet, hin und wieder eine Begegnung beim Metzger oder Bäcker, ein Plaudern über dies und jenes, ein Einander-einen-guten-Tag-Wünschen.

Wenn Konrads Vater gute Laune hatte, erzählte er beim Abendessen, wie Fräulein Schneider am Kaffeeautomaten unliebsame Kollegen zur Schnecke machte, mit ausladenden Gesten erläuterte, wie sie das Skontoverlangen eines ihr rundum unsympathischen Kunden abgewehrt und am Wochenende endlich mal wieder einen Ausflug auf die Schwäbische Alb unternommen habe. Mit ihrem frisch polierten Käfer sei sie in aller Herrgottsfrühe aufgebrochen und dann mit einem leichten Rucksack losmarschiert. Zwiefalten, Upflamör, Burladingen, St. Johann ... herrliche Stille habe geherrscht, allenfalls ein Traktor, ein anschlagender Hund und Vögel, die über den Feldern kreisten. Einen Reiterhof habe sie passiert und dann in einer Dorfwirtschaft Rast gemacht, wo sie mit zwei Rentnern am Stammtisch ins Gespräch gekommen sei, über den SSV Reutlingen, der auch schon bessere Tage gesehen habe. Der Ochsenmaulsalat, den man ihr aufgetischt habe, sei ordentlich gewesen, mit einer Spur zu viel Essig vielleicht.

Eine Woche nach ihrem fünfundsechzigsten Geburtstag wurde sie offiziell in den Ruhestand verabschiedet. Alle Versuche der Geschäftsleitung, sie umzustimmen, hatten nicht gefruchtet. Keinen Tag würde sie dranhängen, und obwohl sie betonte, dass sie das Feld bestellt habe und man sie notfalls – nicht zwischen dreizehn und fünfzehn Uhr! – anrufen könne, breitete sich unverhohlener Schrecken auf dem Gesicht des Buchhaltungsleiters aus. Wie, so schien er zu denken, sollte er ohne seine Stellvertreterin auskommen. Fräulein Schneiders Posten würde man erst einmal nicht besetzen, allen in der Firma wäre es wie Anmaßung vorgekommen, jemanden zum stellvertretenden Buchhaltungsleiter zu machen, der nicht Fräulein Schneider hieß.

Sie hatte ihr Büro ausgeräumt, besenrein hinterlassen gewissermaßen, und die wenigen privaten Dinge in einem Umzugskarton untergebracht, aus dem ein Fußballwimpel und eine Yucca-Palme hervorragten. Eine Pflanze, die in all den Jahren kaum einen Zentimeter zugelegt hatte, ganz so, als wäre die trockene Buchhaltungsluft nicht wachstumsförderlich. Die grüngelben Blätter erregten mehr Mitleid als Bewunderung, doch Fräulein Schneider war entschlossen, ihnen in ihrer Dachgeschosswohnung eine neue Chance zu geben. Yucca-Palmen seien genügsam, und außerdem habe sie im Ruhestand jetzt die Zeit, sich jeden zweiten Tag um hilfsbedürftige Pflanzen zu kümmern.

Zu ihrem Ausstand hatte sie am späten Nachmittag in die Kantine geladen. Von den Außendienstlern abgesehen kamen fast alle, nicht zuletzt, weil sich herumgesprochen hatte, dass sie in einer stadtbekannten Weinwirtschaft einen großen Kessel Maultaschen in der Brüh' bestellt hatte, dazu körbeweise Butterbrezeln, Lehrensteinsfelder Riesling und Grantschener Trollinger mit Lemberger. Alles reell, wie Konrads Vaters abends sagte, mit einem seligen Lächeln, das davon zeugte, dass er nicht nur mit einem Viertele auf Fräulein Schneiders Wohl angestoßen hatte.

Längere Ansprachen und Würdigungen hatte sie sich strikt verbeten. Sie habe ihre Arbeit nach bestem Wissen und Gewissen verrichtet und dafür ein Gehalt bekommen. Kein zu hohes, das müsse sie anmerken, aber im Lauf der Jahre sei ihr niemand dumm gekommen, das sei etwas wert. Was sie für Ruhestandspläne habe, wagte keiner zu fragen. Zweifel daran, dass sie mit ihren Tagen künftig nichts anzufangen wisse, hegte niemand, und die Vorstellung, dass sich Fräulein Schneider mit anderen Menschen – mit einem Mann womöglich – zusammentun könne, überstieg die Fantasie ihrer Arbeitskollegen. Darüber hatte sich all die

Jahre niemand Gedanken gemacht oder Gerüchte gestreut. Anders als bei der Brenninger, die, so hieß es, ihrem Namen gemäß nichts anbrennen ließ. Fräulein Schneider stand jenseits solchen Tratsches. Ihre resolute Autorität und ihre nichts Körperliches verheißende Ausstrahlung unterbanden selbst bei denjenigen jede Versuchung, über ihr Privatleben Mutmaßungen anzustellen, die nichts lieber taten, als ihren Arbeitsalltag mit solchen Mutmaßungen zu beleben. Ganz zu schweigen davon, dass vorlauten Gerüchtestreuern ihr Gerüchtestreuen nicht bekommen wäre.

Allenfalls Fräulein Schneiders Spitzname kursierte hinter vorgehaltener Hand. Jeder war sich der Gefahr bewusst und schaute sich ängstlich um, wenn er ihn benutzte. Während sich niemand scheute, die Geschäftsführer Old Meckerhand und Witwer Bolte zu nennen, wäre es nur einem Tollkühnen in den Sinn gekommen, Fräulein Schneider lauthals nicht Fräulein Schneider zu nennen. Wem sie ihren durchaus liebevoll gemeinten Spitznamen verdankte, ließ sich im Nachhinein nicht mehr zweifelsfrei feststellen, gehörte quasi zur nur mündlich überlieferten kollektiven Firmengeschichte. Wahrscheinlich lag es daran, dass der ihr zugedachte Name eine sofort einleuchtende Wahrheit besaß und keiner Erklärung bedurfte. Zudem wäre die Zuschreibung ohne die Verbreitung des Fernsehens in den siebziger Jahren nicht so erfolgreich gewesen.

Wer auf die Idee kam, Fräulein Schneider mit einer englischen Fernsehserienfigur zu vergleichen? Schwer zu sagen, vielleicht ein frisch in die Firma eingetretener Assistent, der vor versammelter Mannschaft von ihr in den Senkel gestellt worden war und hilflos auf Rache sann? Raunend und wispernd musste sich der Vergleich in den Büros, Waschräumen und Kantinenfluren festgesetzt haben, und da er von so großer, ins Auge springender Anschaulichkeit war, verbreitete er sich wie ein Lauffeuer – wenngleich mit aller gebotenen Dezenz. Irgendwann erreichte er sogar die Chefetage, und bei Fräulein Schneiders Verabschiedung hätte ihn einer der Geschäftsführer, Old Meckerhand, beinahe in seiner kurzen Rede verwendet. Die Folgen, die sich daraus noch an ihrem letzten Arbeitstag ergeben hätten, mochte sich niemand vorstellen.

Fräulein Schneider war Miss Marple, „unsere" Miss Marple, wie die Übermütigen sagten. Und ja, es herrschte kein Zweifel, dass die stellvertretende Buchhaltungsleiterin Elfriede Schneider eine verblüffende Ähnlichkeit mit der Hobbydetektivin Jane Marple, beziehungsweise mit der sie verkörpernden Schauspielerin Margaret Rutherford, besaß. Als Schwestern wären beide mühelos durchgegangen, sie besaßen eine untersetzte, füllige Statur, deren einzelne Teile sich kaum voneinander absetzten. Brustkorb und Bauchbereich wiesen keine scharf abgetrennte Zone des Übergangs auf, und da beide weitgeschnittene Kostüme und segeltuchartige Capes bevorzugten, die von ausladenden Schals überlappt wurden, fiel es nicht leicht, die Körperregionen treffsicher zu markieren. Nicht gänzlich kaschieren ließ sich freilich ihr mächtiger Busen, der den männlichen Kollegen Gesprächsstoff bot und für den sich in der Unterhaltungsliteratur der Begriff „wogend" eingebürgert hatte.

Fräulein Schneiders und Miss Marples Erscheinungen hatten Zeitloses an sich. Selbst in ihren Vierzigern strahlten sie keine jugendliche Frische aus, sie schienen, wie das manchen Menschen eigen ist, lange Zeit in ein und derselben Lebensphase stehen- und steckenzubleiben, was in jungen Jahren eher ein Nachteil ist, in späteren jedoch, wenn sich Alter und Aussehen allmählich anglichen, sehr wohl für Unbeschwertheit sorgt. Langgezogene Fältchen durchzogen ihre gut gepolsterte Gesichtspartie, ohne dass dies, da ihnen alles Hagere und Abgezehrte abging, allzu dominant ausfiel. Von den Flügeln ihrer üppigen Nase zogen sich Furchen bis zum Mund, der gern eine indignierte, spöttische Note annahm und die gut durchbluteten Wangen erzittern ließ, sobald sie zu sprechen begann.

Fräulein Schneiders beziehungsweise Miss Marples Frisur verdiente diesen Namen selten. Früh hatte sich ihr Haar weißlich verfärbt, und niemals wäre sie auf den Gedanken gekommen, ihr redlich verdientes Geld zum Friseur zu tragen und Tönungen vornehmen zu lassen. Einmal im Vierteljahr gönnte sie sich eine Dauerwelle, wie sie in jenen Jahren üblich war, doch irgendwie schien ihr Kopf für diese Maßnahme nicht mehr geschaffen. Schon nach wenigen Tagen senkte sich das drapierte Haar, und nach ein, zwei Wochen lag es platt da und stand, dünn wie es war, mit seinen Spitzen in alle Himmelsrichtungen ab.

Da sie dazu neigte, sich leicht zu echauffieren und – wofür es in der Firma häufig genug Anlass gab – den Kopf heftig zu schütteln, stieg der Zerzaustheitsgrad ihrer Frisur von Stunde zu Stunde. Wenn sie das Büro verließ, kringelten sich die feinen Haarspitzen kreuz und quer über ihren Schädel. Wo morgens noch ein rascher Bürstenstrich dafür gesorgt hatte, lichte Stellen zu kaschieren, war abends Hopfen und Malz verloren. Kein Zufall, dass Fräulein Schneider und Miss Marple gerne Hüte trugen, die in Form und Eleganz auffielen, ohne mit den Kopfbedeckungen der von ihnen geschätzten Königin Elisabeth konkurrieren zu können. Fuhr Fräulein Schneider, die Lederkappe umgeschnallt, sommers im offenen Cabrio vor, gab es schon bei Arbeitsbeginn keine Rettung mehr. Womöglich gründete ein Teil ihrer Autorität auf der Verwegenheit und Unbeschwertheit, mit der sie Frisurfragen ignorierte.

Was Fräulein Schneider und Miss Marple zudem einte, waren die hellwachen, blaugrauen Augen, deren Ausdruck sich in Sekundenschnelle verändern konnte. Selbst am späteren Nachmittag, wenn Fräulein Schneider, als sie die sechzig überschritten hatte, zur Müdigkeit neigte und sich dann, wie sie es nannte, niederen Registraturarbeiten zuwandte, blitzten ihre Augen auf, wenn ein besonderes Vorkommnis ihre Aufmerksamkeit auf sich zog. Je nach Anlass weiteten sie sich, zogen sich zu Schlitzen zusammen oder verrieten mit aufflackerndem Schalk, dass in ihrem Kopf ein Plan zu reifen begann. Empörung, Erschrecken, Güte und Heiterkeit fanden in ihren Augen in schneller Abfolge Platz, und wer sie kannte, wusste, wann sie Desinteresse oder Harmlosigkeit vortäuschten.

Miss Marples kriminalistischer Spürsinn spiegelte sich in diesen Augen, die mehr als andere sahen. Und wenngleich sich Fräulein Schneiders Scharfsinn darauf beschränkte, Ungereimtheiten in Abrechnungen zu erkennen, gehörte zu beiden eine Fähigkeit zur hellsichtigen Analyse, die die wenigsten hinter ihrer großmütterlichen Fassade vermutet hätten. Dass die Detektivin Marple im Notfall resolut aufzutreten und Golfschläger oder Regenschirm einzusetzen verstand, wenn es hieß, Verbrecher zur Strecke zu bringen, fand auf Fräulein Schneiders Seite eine Entsprechung. Wer sie einmal in spontaner Erregung auf dem Sportplatz oder vor dem Fernsehapparat erlebt hatte, begriff, dass in Konfliktfällen mit ihr nicht zu spaßen war.

Da die Miss-Marple-Verfilmungen über die Jahre hinweg an Sonntagnachmittagen oder in den dritten Programmen regelmäßig wiederholt wurden, war es nicht nötig, Neuankömmlingen in der Firma das missmarplehafte Fräulein Schneider zu erklären. Ob diese selbst die Filme – *16 Uhr 50 ab Paddington* oder *Der Wachsblumenstrauß* – kannte und schätzte, wusste niemand, da sich alle wohlweislich hüteten, in ihrem Beisein die Namen Marple und Rutherford je fallen zu lassen. So wusste niemand, ob sich Fräulein Schneider dieser frappierenden Ähnlichkeit bewusst war, ob sie ihr je aufgefallen war.

Auch in Konrads Elternhaus hatte sich Fräulein Schneiders Spitzname durchgesetzt. Am Abendbrottisch kam es vor, dass Konrads Mutter dem üblichen „Wie war dein Tag?“ ein „Gibt's was Neues von Miss Marple?“ folgen ließ. Was ihr im nächsten Moment jedoch peinlich war, da sie streng darauf achtete, ihren Kinder Respekt vor Erwachsenen beizubringen. Ihre Furcht, dass eines von ihnen versehentlich Fräulein Schneider als Miss Marple anreden könnte, war so groß, dass sie sich meistens umgehend korrigierte und ein hastiges Ich-meine-das-Fräulein-Schneider nachschob.

Wenn sie ein Glas Wein getrunken hatte, konnte es trotzdem passieren, dass sie, nachdem sie über die Affäre der Brenninger mit dem deutlich jüngeren Lagerverwalter gelästert hatte, auf Fräulein Schneiders Privatleben zu sprechen kam. Ob diese wie Miss Marple einen Verehrer habe, einen Mr Stringer, der ihr zwar tollpatschig, aber durchaus liebenswürdig zur Seite stand? Konrads Vater bügelte solche Spekulationen ab. Das interessiere ihn nicht und darüber wisse er nichts. Ihm wäre es sowieso lieber, wenn seine Arbeitskolleginnen wie Ingrid Steeger oder Claudia Cardinale aussähen und nicht wie Miss Marple – eine Äußerung, die seiner Frau ein empörtes Schnauben und ein Eberhard-denk-doch-an-die-Kinder! entlockte.

Konrad ließ sich davon nicht beeindrucken. Er hatte einen dieser Miss-Marple-Filme gesehen und über die schrullige Alte, die die Polizei dumm aussehen ließ, gelacht. Mit Fußball wie Fräulein Schneider schien sie jedoch nichts im Sinn zu haben, weshalb ihm Fräulein Schneider besser als Miss Marple gefiel.

4

Er stand unschlüssig vor dem weißen Gartentor und blickte die rosa Hausfassade hinauf. Seine Mutter hatte ihn ausgeschickt, um der frisch gebackenen Rentnerin einen Weihnachtsbesuch abzustatten, zum ersten Mal. Ganz allein zu leben und dazu die Feiertage vor sich zu haben, das seien keine schönen Aussichten, da würde der Besuch eines freundlichen Jungen Licht in die Stube bringen. Sein Vater kündigte den Besuch telefonisch an, und so machte sich Konrad – war er zehn oder elf? – am frühen Nachmittag in Richtung Mörikestraße auf.

Das Mittagsessen war, wie immer an Heiligabend, spärlich ausgefallen: klebriger Reis und Gänseklein, bestehend aus den undefinierbaren Innereien der prachtvollen Weihnachtsgans, die es am nächsten Tag geben würde. Konrad brachte dem Herz, dem Magen und der Leber, die sich in einer tiefbraunen Soße auf seinem Teller ungehörig breitmachten, keine Sympathie entgegen, aß jedoch klaglos, weil er wusste, dass der Speiseplan der kommenden Tage für gerechten Ausgleich sorgen würde.

Weihnachten war für ihn die wichtigste, die schönste Jahreszeit. Im November schon fixierte er den Küchenkalender und zählte die Wochen und Tage, bis die entscheidende, vom ersten Advent angekündigte Phase einsetzte. Er wunderte sich jedes Jahr aufs Neue, wie ungerecht langsam diese Zeit verstrich, ganz anders als im Sommer, wenn die Ferien zu Ende gingen, kaum dass sie begonnen hatten. Jeder Dezembertag musste mühsam abgearbeitet werden, erst wenn er am Vorabend des Nikolaustags seinen Wunschzettel schrieb und ihn in seinen Winterstiefel steckte, kam Erleichterung auf. Jetzt näherte sich die Weihnachtszielgerade, jetzt rutschten die verbleibenden Tage bald in den einstelligen Zahlenbereich.

Familiären Konflikten versuchte er in dieser Zeit gezielt aus dem Weg zu gehen, selbst bei seiner Schwester sah er über Frechheiten und Unverschämtheiten hinweg. Streit passte nicht zu Weihnachten, und es brauchte keine mahnenden Hinweise seiner Mutter, um patzige Antworten zu vermeiden. Selbst das sturzlangweilige Tischdecken übernahm er in diesen Wochen unaufgefordert. Dass es am Heiligabend Geschenke gab, die es nur am Heiligabend gab, hatte er schon als Kindergartenkind begriffen. Und er spürte, wie sich eine Schutzschicht um ihn legte, als wäre man in dieser Zeit unangreifbarer als sonst, als könnte einem nichts passieren. Was mit seiner Mutter zu tun haben musste, die an Weihnachten alle Schusseligkeit vergaß und die Rituale – das Flechten des Adventskranzes, das Backen der Nussmakronen und Spitzbuben, das Aufhängen des Mistelzweigs über der Wohnungstür – aufs Genaueste pflegte, ohne sie eigens herauszustellen. Es waren Selbstverständlichkeiten, auf die Konrad in aller Seelenruhe wartete, und nie enttäuschte seine Mutter ihn.

Die Weihnachtsgeschichte selbst interessierte ihn nicht sonderlich, ihr Nachteil bestand darin, dass sie sich Jahr für Jahr wiederholte, niemals neue Figuren oder Spannungsbögen hinzukamen. Das kam davon, wenn man immer dasselbe Buch zu Rate zog, ein Buch, von dem es keine erweiterten, aktualisierten Neuauflagen gab. Als Vorteil ließ Konrad gelten, dass man auf diese Weise ein vertrautes Verhältnis zu den Akteuren entwickelte, wie in einer Fernsehserie, die ihren Reiz aus den wiederkehrenden Figuren zog.

Den Stall von Bethlehem sah er genau vor sich, malte ihn sich, da die biblische Beschreibung nicht allzu viel hergab, in wechselnden Farben aus und veränderte das Mobiliar – soweit ein ärmlicher Stall das erlaubte. Am besten gefielen ihm die drei Könige, die verrückt genug waren, einem hellen Stern in weiter Ferne zu folgen, ohne zu wissen, was sie an ihrem Ziel vorfänden. Einer von ihnen war sogar schwarz. Sonderbare Geschenke brachten sie dem Säugling mit, aber wahrscheinlich, dachte Konrad, galten die damals als attraktive Mitbringsel. Gold, das leuchtete ein, dessen Nutzen brauchte nicht erklärt zu werden, Weihrauch roch eklig und machte Kopfschmerzen, dem Jesuskindlein sicher auch, und was Myrrhe war, wollte er jedes Jahr im Lexikon nachschlagen und tat es nie. Mit der norwegischen Schlagersängerin, die so ähnlich hieß, hatte diese Königsgabe offenbar nichts zu tun.

Konrad sah sich um, wollte sichergehen, dass keiner seiner Klassenkameraden in der Nähe war, drückte das Tor auf und stieg die drei durchgetretenen Steinstufen zur Haustür hinauf. Fräulein Schneider nicht am Kassenhäuschen des Stadions zu begegnen und sich über das Bratwurstgeld zu freuen, das sie ihm mit einem verschwörerischen Lächeln über den Drehteller zuschob, verunsicherte ihn. Als gebe es mehrere Fräulein Schneiders und als sei es ihm lediglich erlaubt, mit dem Fußballfräulein in Kontakt zu treten. Er prüfte den Inhalt seiner Einkaufstasche mit den Geschenken. Alles da, nichts verloren, zum Glück. Tritt deine Schuhe auf der Fußmatte ordentlich ab, vergiss nicht dem Fräulein Schneider frohe Weihnachten von uns allen zu wünschen. Und wenn sie dir etwas schenkt, dann sag gleich, dass das nicht nötig ist.

Den Eltern passte es gut, ihn für ein paar Stunden außer Haus zu wissen. Das gab ihnen die Gelegenheit, ungestört das Weihnachtszimmer, das sonst Wohnzimmer hieß, für die Bescherung herzurichten. Konrads Schwester verbrachte die Nachmittagsstunden mit einer Freundin im evangelischen Gemeindehaus, wo ein Kinderhüteprogramm angeboten wurde, mit Basteleien und

Gesangseinlagen, kurzen Filmen und vorgelesenen Geschichten, mit denen die zäh fließende Zeit auf Trab gebracht werden sollte.

Er hatte Mutters bestimmten Ton im Ohr. An Weihnachten und Ostern neigte sie zu größerer Mildtätigkeit. Sie hielt nichts davon, Nächstenliebe ständig unter Beweis zu stellen und allen davon zu erzählen. Sie half, wenn Not am Mann war, und hielt sich gleichzeitig von Nachbarn fern, die zur Wehleidigkeit neigten und ihre Krankheitsgeschichten genüsslich ausbreiteten. Nur der Not keinen Schwung lassen, so hieß Mutters Motto, und wer dem zuwider handelte, durfte nicht auf ihren ungeteilten Zuspruch hoffen. In der Weihnachtszeit spendete sie für die Armen in aller Welt und schärfte ihren Kindern ein, ihr Wohlergehen nicht als selbstverständlich zu betrachten. An den Festgottesdiensten zeigte sie sich am Opferstock großzügig, faltete jedoch ihren Geldschein so zusammen, dass die hinter ihr Stehenden das Ausmaß ihrer Freigiebigkeit nicht erkannten.

Konrad fuhr sich durchs Haar, das in festlich bester Ordnung saß, vergaß, sich die Füße abzutreten, und drückte zaghaft auf den Klingelknopf. In Sekundenschnelle summte die Türanlage, und er hörte eine kraftvolle Stimme durchs Treppenhaus dröhnen: Hinauf, hinauf, in den dritten Stock, unters Dach juchhe! Er hielt sich am weißlackierten Handlauf fest und ärgerte sich darüber, dass er am Eingang seine Schuhe nicht abgetreten hatte. Abgestanden und muffig roch es, nur Fräulein Schneiders Kopf war am Ende des Treppenauges zu sehen, als könnte sie die Ankunft ihres Besuchers nicht erwarten. Sie wedelte mit den Händen und ließ zweimal ein „Huhu, hierher!" hören. Konrad lachte vor sich hin, denn den Weg zu Fräulein Schneiders Dachgeschosswohnung zu verfehlen war ein Ding der Unmöglichkeit.

Oben angekommen, entdeckte Konrad dankbar eine zweite Fußmatte, auf die er sich stürzte, ohne Fräulein Schneiders ausgestreckter rechten Hand Beachtung zu schenken. Nun lass gut sein, du braver Junge, wirst schon nicht in Hundehaufen getreten sein, rief sie ihm zu und verringerte ihre Lautstärke kaum. Hinein mit dir. Konrad wunderte sich, dass sein Vater Fräulein Schneiders immenses Stimmvolumen nie erwähnt hatte.

Sie untersagte Konrad, seine Schuhe abzustreifen, schob ihn durch einen winzigen, fast quadratischen Flur und weiter in einen Raum mit niedriger Decke, der offenbar das Wohnzimmer war. Alles kam Konrad beengt vor, überall bauten sich Schränkchen, Beistelltische und Kommoden auf, auf denen kein Zentimeter ungenutzt war. Holzschachteln, Likörgläser, Porzellanfiguren, Kerzenständer ... Konrad gingen die Augen über, dieses Zimmer glich einem der Souvenirläden, die sie während des Österreichurlaubs aufsuchten, um für Vater einen Satz Obstlergläser und für Mutter eine Packung Mozartkugeln zu kaufen.

Setz dich, sagte Fräulein Schneider, deutete auf ein samtbezogenes blaues Sofa, dessen Armlehnen in einem Wildschweinkopf ausliefen. Du trinkst doch Kakao, oder? Sie wartete seine Antwort nicht ab, ging mit wiegenden Schritten in die Küche. Konrad staunte, dass sie es schaffte, mit ihrem ausladenden Hintern – ein Arsch wie ein Brauereipferd, würde sein Vater sagen, wenn es sich nicht um Fräulein Schneider handelte – nirgendwo anzustoßen. Sie musste lange Jahre trainiert haben, um diesen Parcours voller Tischchen, Sessel, Anrichten und anderen Hindernissen ohne Kollision zurückzulegen.

Während Konrad hörte, wie seine Gastgeberin in der Küche mit Töpfen und Löffeln klapperte und vor sich hin schimpfte, richtete er sich auf und sah sich um. Ein Zeitungsständer, der überquoll, schmale Läufer mit roten Blumenornamenten und Fransen, die seit Langem nicht mehr ausgewaschen worden waren, ein Schrank mit Bücherstapeln, Bonbontüten, altmodisch gerahmte Schwarzweißfotos, Likörgläsern und einem Fernseher im Zentrum, der viele Jahre auf dem Buckel hatte. Auf dem Apparat, an privilegierter Stelle gewissermaßen, stand eine einzelne Metallfigur, deren Bedeutung sich Konrad aus der Distanz nicht erschloss. Sie wirkte wie aus einer anderen Welt, hatte mit den Porzellankarnickeln und Terracottaeichhörnchen nichts gemein. Was hatte es wohl mit ihr auf sich?

Unter einem der Fenster mit halbhohen Netz-gardinen, die – das hatte Konrad von seiner Mutter gelernt – Kurzstores hießen, stand ein länglicher, rechteckiger Tisch, der ins Auge stach, weil er völlig leergeräumt war. Daneben quetschte sich eine, nein, die kümmerliche Yucca-Palme gegen die Wand, Konrad hatte von ihr gehört. Es schien ihr gleichgültig zu sein, ob sie ihr Schattendasein in einem Büro oder einer Wohnung fristete. Andere Menschen hätten sie längst entsorgt. Einen zweiten oder dritten Frühling würde sie nicht erleben.

Ehe Konrad sich weiter umschauen und wundern konnte, rauschte Fräulein Schneider wieder herein, mit einem silbernen Tablett, auf dem zwei Tassen gefährlich klirrten. Kaum zu glauben, dass sich Fräulein Schneider nicht in den Teppichfransen verfing und unbeschadet den Weg zum Sofa hinter sich brachte. Auf den Untertassen breitete sich ein Kakaosee aus, den sie nicht kommentierte. Lass ihn dir schmecken, bei der Kälte kann man etwas Heißes vertragen, und nimm dir von den Brötle, alle selbstgebacken.

Ja, in einer weißen Schale lagen Objekte, die man mit einigem Wohlwollen so nennen konnte. Obwohl Konrads Mutter Wert darauf legte, dass bei ihnen zu Hause nicht das Älblerschwäbisch gesprochen wurde, mit dem sein Vater aufgewachsen war, und deshalb zu Weihnachten keine Brötle oder Gutsle, sondern Plätzchen gebacken wurden, verstand er, was Fräulein Schneider meinte. Freilich sahen diese Brötle merkwürdig aus und besaßen nicht die geringste Ähnlichkeit mit dem, was Konrads Mutter an eleganten Spitzbuben, Schwarzweißgebäck, Elisenlebkuchen oder Butterplätzchen aufzutischen verstand. Letztere zum Beispiel waren hauchdünn, strahlten dezent in ihrem Eigelbüberzug, rochen verführerisch buttrig und zergingen auf der Zunge.

Fräulein Schneiders Backerzeugnisse hingegen sahen aus wie helle Töpferware, unförmig, selbst wenn man erahnte, dass sie einen Stern oder ein Herz darstellen sollten. Manche waren zwei Zentimeter dick und verhießen allein durch ihren Anblick eine Schwere, die den Magen belastete, noch ehe man sie in den Mund genommen hatte. Vielleicht gingen einige gerade noch als entfernte Verwandte der Basler Leckerli durch, wenngleich der über alle Seiten der Teigrechtecke hinauslappende Zuckerguss eine eindeutige Bestimmung erschwerte und man sich in Basel diesen Vergleich sicher verbeten hätte. Anderes erinnerte an Spritzgebäck, in Fräulein Schneiders Version allerdings noch mehr an Versteinerungen, die in ihrem Plätzchenleben einiges gesehen hatten.

Konrad wusste, dass kein Entkommen war und die Benimmvorgaben seiner Mutter ihm keine Wahl ließen. Er würde, um keinen Verdacht zu erregen, mindestens drei dieser wuchtigen Geschosse essen und so tun müssen, als hätte er selten so wohlschmeckendes Gebäck zu sich genommen. Fräulein Schneider reichte ihm prompt die Schale und hielt sie ihm dicht unter seine Nase. Na, wie sehen die aus, mein Junge? Da läuft dir das Wasser im Mund zusammen, oder? Wenn du mich fragst, backt niemand so schlimme Weihnachtsbrötle wie ich. Scheußliche, viel zu süße Klumpen sind das, die ins Guinness-Buch der Rekorde gehören. Jedes Jahr gelobe ich Besserung, und diesmal habe ich mir sogar ein Kochbuch zugelegt, antiquarisch versteht sich. Doch dann werde ich ungeduldig, beleidige das Mehl, empfinde das Rumgestehe in der Küchenhitze als vertane Zeit und haue den Teig so schnell wie möglich aufs Blech. Und einen Daumen hab ich mir auch noch verbrannt, stell dir das vor.

Zum Beweis hielt sie das in Mitleidenschaft gezogene Körperteil triumphierend in die Höhe, ein weinrot verschrumpelter Daumen mit einer halb eingetrockneten Brandblase. Konrad, der im Begriff war, von einem der Spritzgebäckammoniten abzubeißen, verschluckte sich und begann ungläubig zu lachen. Ob sie das ernst meinte oder ihn auf die Probe stellen wollte?

Fräulein Schneider schlug ihm mit der unverletzten Hand auf den Rücken und forderte ihn auf, das missratene Brötle sofort zurückzulegen. Sie wolle sich keine Anzeige wegen Körperverletzung einhandeln. Auf jeden Fall werde sie ihm nachher eine nicht zu kleine Tüte mit diesen Gesteinsformationen für seine Eltern mitgeben. Er dürfe sich nichts anmerken lassen, und wie sie seinen Vater und seine Mutter kenne, würden diese aus Höflichkeit mindestens zwei der Klumpen essen und auf abfällige Bemerkungen verzichten.

Fräulein Schneider ging zu einem dunkelbraunen Wandschränkchen, nestelte ungeduldig an einem Schlüssel herum, der sich verhakt hatte, und holte eine Schachtel Marzipaneier hervor. Die sind noch von Ostern, also nicht mehr die frischesten, aber vermutlich ein Hochgenuss im Vergleich zu meinen Backwaren. Übergangslos warf sie sich eines der Eier in den Mund und hielt Konrad die Schachtel hin. Der versuchte nicht zu zögern und keine Scheu an den Tag zu legen. Er ignorierte den grauweißen Schleier, der über der Halbbitterschokolade lag, und biss beherzt hinein. Das Marzipan hatte einen hohen Trockenheitsgrad erreicht, doch es schmeckte erträglich.

Fräulein Schneider aß noch zwei Ostereier, ehe sie ihren Gast mit einem Mal vorwurfsvoll anblickte. Ich muss schon sagen, bisher habe ich dich für einen wohlerzogenen jungen Mann gehalten, doch langsam kommen mir da Zweifel. Mit keinem Wort hast du bisher meinen Christbaum gelobt, und dabei bin ich mir sicher, dass dir das deine Mutter eingeschärft hat.

Konrad zuckte zusammen, verunsichert, was er von den Reden dieser Frau halten sollte, die wie eine Oma aussah und sich so unomahaft benahm. Und ja, sie hatte recht, rechts neben der Yucca-

Palme baute sich, als seien sie Geschwister, ein Bäumchen von vielleicht anderthalb Metern auf, das Ähnlichkeiten mit einem Christbaum aufwies. Unscheinbar und kümmerlich hing es in den Seilen, intensive Liebe hatte man ihm offensichtlich nicht entgegengebracht.

An der Spitze der Tanne – nein, es handelte sich um eine krumm gewachsene Fichte, deren Äste aufeinanderklebten – baumelte ein ramponierter goldener Engel, der trotz seiner Schieflage eine abgebrochene Trompete tapfer in die Höhe reckte. Eine Handvoll rotwangiger Äpfel, silberne Kugeln mit weißlichen Verzierungen, die wie der Zuckerguss auf den Leckerli aussahen, eine hölzerne Nikolausfigur, die einen Schlitten mit nur einer Kufe hinter sich herzog, zwei goldlackierte Walnüsse und auf einem der unteren Zweige ein Bündel Lametta – mehr hatte dieser ungewöhnliche Christbaum nicht zu bieten und erregte Mitleid in seinem Betrachter. Denn Konrad war von zu Hause stolze Nordmanntannen gewöhnt, die, wie sein Vater sagte, ihren Preis hatten, aber dafür eine noble Eleganz besaßen. Jedes Jahr, pflegte seine Mutter am Ende der Feiertage anzumerken, sei ihr Baum schöner gewesen als in den Jahren zuvor, eine schier unglaubliche Kette von Steigerungen.

Kein Prachtstück, ich weiß, aber den hat mir der Händler unten an der Karlstraße gestern Abend fast geschenkt, erzählte Fräulein Schneider. Einen kerzengerade gewachsenen Baum, den kann jeder kaufen, einer muss ja schließlich ein Herz für die geschundenen Kreaturen haben, für die jämmerlichen Fichten oder Lärchen, keine Ahnung, was das für ein Gehölz ist. Außerdem ist er noch nicht fertig geschmückt, wie du siehst. Gut, dass du mir helfen kannst.

Fräulein Schneider kramte zwei Pappschachteln hervor, die sich zwischen Christbaum und Yucca-Palme verhakt hatten, und wies Konrad an, Strohsterne und Engelshaar günstig zu platzieren. Er folgte ihren eher lustlosen Anweisungen und überlegte, ob er die Lamettafrage ansprechen sollte. Sein Vater brauchte eine gute Stunde, bis er Lamettafaden für Lamettafaden gleichmäßig über alle Äste verteilt hatte. Eine mühselige Angelegenheit, die, sobald man das Ergebnis aus der Ferne betrachtete, ständig neuer Korrekturen bedurfte, um ein harmonisches Ganzes zu erzeugen. Die Laune des Schmückers stieg dabei nicht, und wenn die Arbeit endlich vollbracht war, hatte ein eiskaltes Bier bereitzustehen.

Konrad, der beim Abschmücken am Dreikönigstag mithelfen durfte, wusste, welche sorgfältige Behandlung die brüchigen Lamettafäden benötigten, um viele Jahre zu überstehen. Fräulein Schneider schien davon noch nie gehört zu haben und zudem unwillig, sich auf derart zeitraubende Tätigkeiten einzulassen. Als Konrad vorsichtig begann, den Lamettaklumpen aufzulösen, blies sie die Wangen auf und schüttelte den Kopf. Was er da mache … ob er mal ausgerechnet habe, wie viel Lebenszeit dabei draufginge, dieses Lamettazeug individuell zu behandeln … und ob er ein Freund von Spießerweihnachtsbäumen sei, wo alles seine militärische Ordnung habe.

Konrad zuckte zusammen und ließ die sorgsam entwirrten Lamettafäden auf den Baum zurückplumpsen. Was an schön verteiltem Baumschmuck spießig sei, wusste er nicht, und er traute sich nicht, dem ungeduldig wirkenden Fräulein Schneider zu widersprechen. Spießig, das Wort hatte er zu Hause schon mal gehört. Es bedeutete nichts Gutes, seine Mutter zischte manchmal, wenn sie glaubte, außer Konrads Hörweite zu sein, ein „diese spießige Kuh" und meinte damit Frau Entenmann, die Nachbarin von schräg gegenüber. Jeden Freitagnachmittag pflanzte die sich demonstrativ an ihrem Garteneingang auf und ging ihrer liebsten Beschäftigung nach: Mit einem nassen Lappen wischte sie eine der überdimensionierten Mülltonnen aus, deren Signalfarben nicht zu übersehen waren. Sie schwenkte mit Wasser nach, stellte die Tonne auf den Kopf und blickte befriedigt nach links und rechts. Spießig, dachte Konrad, waren immer die anderen, und spießig war, wer etwas sehr genau nahm oder immer das Gleiche tat. So wie an Weihnachten, dachte er sich und schien in diesem Fall nichts dagegen zu haben, als spießig zu gelten.

Fräulein Schneider unterbrach seinen Gedankengang. Na, starrst du Löcher in die Luft? Lass das Lametta einfach hängen, ich werf noch einen Ballen auf die andere Seite, das macht meinen Prachtbaum interessant. Sie trat drei Schritte zurück, um ihr Meisterwerk zu bestaunen. Was meinst du, Konrad, sollen wir der Yucca-Palme etwas abgeben von den Kugeln und Sternen? Dann fühlt sich der Christbaum nicht so einsam.

Konrad hielt sich mit einer Antwort zurück, Fräulein Schneider erwartete offenbar keine. Irgendwas stimmte nicht mit dem Baum ... Konrad konzentrierte sich auf den Anblick der improvisierten Installation, bis ihm plötzlich einfiel, was dieser fehlte. Er wollte damit herausplatzen, biss sich schnell auf die Lippen, weil er nicht sicher war, ob er nach dem Lamettavorfall Fräulein Schneider erneut korrigieren durfte. Ich finde ... glauben Sie nicht ... er druckste herum ... das soll, liebes Fräulein Schneider, nicht spießig klingen, aber ...

Nun, sag schon, stell dich nicht so an, ich fress dich schon nicht, fuhr ihn Fräulein Schneider an, die Fäuste in die Hüften gestemmt. Raus mit der Sprache, sonst musst du meine Weihnachtsbrötle aufessen. Konrad tat so, als würde ihn dieser Gedanke zu Tode erschrecken, und nahm sein Herz in beide Hände. Also, ich würde es schöner finden ... wenigstens bei uns zu Hause ist es so, dass ... meinen Sie nicht, dass sich auf Ihrem Baum Kerzen gut machen würden, so rote Kerzen vielleicht?

Fräulein Schneider schaute ihn entgeistert an, ließ ihren Blick zwischen Konrad und dem Baum hastig hin und her wandern. Kerzen?, sagte sie ungewöhnlich leise. Das ist ein Baum ohne Kerzen, du hast völlig recht, ach du liebes bisschen, was bin ich für eine daube Nuss! Da schmück ich stundenlang den Christbaum und vergess die Kerzen! Ja, das passiert, wenn man an Weihnachten allein herumhockt, Jahr für Jahr. Da wird selbst eine Buchhalterin im Ruhestand nachlässig. Ein Glück, dass du gekommen bist. Obwohl uns das diesmal nichts mehr nützt, denn ich hab gar keine Kerzen gekauft, und jetzt sind die Läden zu, die Wände könnt ich hochgehen! Meinst du, wir sollten wenigstens die Kerzenhalter dranmachen, ich hab ganz schöne, die wie goldene Muscheln aussehen ...

Konrad gab sich alle Mühe, Fräulein Schneider zu trösten, doch es ist für einen Zehnjährigen keine einfache Sache, eine fast sieben Mal so alte Frau, die die Kerzen für den Christbaum vergessen hat, zu trösten. Zum Glück fing sich die Gebeutelte nach wenigen Minuten und erklärte Konrad, dass das Versäumnis Vorteile habe: Nun müsse sie nicht ständig nach den Kerzen schauen, ihr Flackern im Auge behalten und so einem grässlichen Zimmerbrand vorbeugen. Stell dir den Artikel in der Zeitung vor: *Rentnerin am ersten Weihnachtstag tragisch verstorben. Sie schlief ein, während die Kerzen an ihrem liebevoll geschmückten Christbaum nieder-*

brannten und die Äste Feuer fingen. Jede Rettung kam zu spät ...

Konrad schauderte insgeheim und beschloss, seinen Eltern von seinem Besuch nur eine kurze Zusammenfassung zu geben. Kurz vor dem Gottesdienst würde ohnehin kaum Zeit bleiben, sodass seine Mutter höchstens mit „War's schön? Hast du dem Fräulein Schneider die Geschenke gegeben?" nachfragen würde.

Geschenke? Ja, die durfte er nicht vergessen, und so legte Konrad ein in durchsichtige Folie geschlagenes Früchtebrot aus Mutters Produktion, einen in Mitleidenschaft gezogenen Weihnachtsstern und eine kleine Flasche Himbeergeist auf das Sofa, garniert mit einer Karte, auf die seine Mutter in letzter Minute ein „Alles Gute zu Weihnachten, Ihre Familie Geiger" geschrieben hatte. Fräulein Schneider bedankte sich beiläufig, musterte die Pflanze misstrauisch, das Früchtebrot gleichgültig und den Obstler freudig.

Dann komm mal her, Auge um Auge, Zahn um Zahn heißt es in der Bibel, und das wollen wir heute mal, weil Weihnachten ist, ganz positiv verstehen. Meinst du, dass eine Aufbesserung deines Taschengeldes schaden könnte? Oder wäre dir etwas Selbstgebasteltes lieber? Du kannst dir ungefähr vorstellen, wie begabt ich in diesen Sachen bin ... Sie steckte Konrad einen Zwanzigmarkschein zu und wuschelte durch seine penibel drapierten Haare. Falls ich mal ausnahmsweise keinen Stadiondienst habe, kannst du dir dafür fünf Brat-würste kaufen und fünf Limos dazu. Wenn dir dann schlecht wird, schieb es einfach auf das mickrige Gekicke unserer Mannschaft.

Fußball! Fräulein Schneider verspürte keine Lust mehr, sich mit Baumschmückfragen zu befas-sen, und forcierte einen Themenwechsel. Weißt du, Konrad, man darf Weihnachten nicht über-schätzen, ich mag diese Tage eigentlich und lasse mich davon gern verzaubern, nüchtern genug geht es ja das ganze Jahr zu. Was glaubst du, wie oft ich mich als Buchhalterin gelangweilt und das Stechuhrklicken herbeigesehnt habe. Den ganzen Tag mit trüben Tassen zu tun zu haben – dein Vater natürlich ausgenommen! –, das steigert die Laune nicht. Da schadet es nicht, wenn man an Weihnachten die Beine hochlegt, alte Schallplat-ten hervorkramt und darüber nachdenkt, ob der liebe Gott, von dessen Existenz ich der Einfachheit halber ausgehe, mit uns nichts Besseres vorhatte, als uns darin zu perfektionieren, Mahnungen zu schreiben und Rückstellungen zu bilden. Jetzt freilich als Rentnerin habe ich zu viel Zeit, ver-stehst du? Es bringt nichts, den ganzen Tag die Seele baumeln zu lassen und ins Grübeln zu kommen, das ist noch langweiliger als die Buch-halterei … Da lob ich mir den Fußball, der bläst den Kopf frei, sodass wieder neue Gedanken hin-einpassen. Spielst du selber?

Konrad, der von Fräulein Schneiders Rede-schwall höchstens die Hälfte verstanden hatte, ließ sich nicht zweimal bitten, von seiner Leidenschaft zu erzählen. Zu Hause punktete er damit nur bei seinem Vater, der sich für die Bundesliga interessierte, aber rätselhafterweise seine Sympathien wie eine Fahne im Wind wechselte. Mal feuerte er diesen Club, eine Woche später einen anderen an, als sei das völlig normal. Nur seine Zuneigung zum VfB Stuttgart unterlag geringen Schwankungen.

Mit seiner Schwester war in Sachen Fußball gar nichts anzufangen, und seine Mutter sorgte sich vor allem darum, ob er mit aufgeschlagenen Knien und kaputten Hosen nach Hause kam. Mit den neuesten Ergebnissen oder Trainerwechseln brauchte man ihr nicht zu kommen, und wenn samstags die *Sportschau* lief, ging sie demonstrativ in die Küche oder in ihr Nähzimmer.

Jeden freien Nachmittag, setzte Konrad an, gehe er auf den Pausenhof seiner alten Grundschule, wo richtige Handballtore stünden. Der aufgeraute Steinboden sei allerdings blöd, wenn man da zu einer Grätsche ansetze, dürfe man sich über aufgeschürfte Beine nicht wundern. Das tue höllisch weh. Weshalb er lieber in den Park gehe, da kämen Kinder von anderen Schulen. Mit Mützen und Jacken stecke man Tore ab, und höher als einen Meter dürfe kein Schuss gehen. Zwei Kapitäne, Dreizehn-, Vierzehnjährige, wählten der Reihe nach die Spieler für ihre Mannschaften aus, und er sei jedes Mal froh, wenn er nicht als Letzter übrigblieb. Wenn keiner einen haben wolle, sei das kein schönes Gefühl.

Fräulein Schneider hörte ihm aufmerksam zu, wollte wissen, auf welcher Position er am liebsten spiele und ob er Vorbilder habe, Profis aus der Bundesliga. Mittelstürmer, das gefalle ihm gut, aber meistens werde er in der Verteidigung eingesetzt, Rudi Völler sei sein Lieblingsspieler, der könne schießen und köpfen, und der sei, wie sein Vater sagte, obendrein ein schlauer Fuchs. Rudi Völler? Seine Gastgeberin schien mit dieser Wahl nicht hundertprozentig einverstanden zu sein. Naja, es hätte schlimmer kommen können.

Ob er sich mal als Torwart versucht habe, das sei eine besondere Position mit großer Verantwortung … ob sie im Park einen Schiedsrichter hätten … ob er sich nicht bei einem Verein anmelden wolle, bei den Rasenspielern zum Beispiel … ob er Schienbeinschützer trage … Fräulein Schneiders Wissbegier kannte keine Grenzen und ließ Konrad aus sich herausgehen. Er verlor alle Scheu und sprach mit ihr, als würde er in der Schule mit Klassenkameraden Fußballresultate bereden, und wäre sein Blick nicht zufällig auf eine Wanduhr gefallen, hätte es in diesem Jahr mit Weihnachten ernsthafte Probleme gegeben.

Gleich halb vier, da musste er spätestens zu Hause sein, damit sie rechtzeitig in die Kirche aufbrechen konnten. Er war schon spät dran. Fräulein Schneider sah seinen Kummer sofort ein und entließ ihn. Über die Nationalelf sprechen wir ein andermal, versprochen? Sag doch deiner Mutter, ich bräuchte deine Hilfe beim Entsorgen meiner Edelfichte, gleich im neuen Jahr, länger will ich das nadelnde Teil auf keinen Fall hier behalten. Dann zeig ich dir meinen wertvollsten Schatz, sie deutete in Richtung Fernsehapparat, auf dem diese komische Figur einsam thronte. Und dann hab ich eine Idee, wie wir diese blöde Fußballwinterpause hinter uns bringen. Sechs Wochen ohne Punktspiele, das hält kein Mensch aus und ich schon gar nicht.

Konrad nickte, seine Augen glühten, vor Begeisterung und ein wenig aus Furcht vor dem Zorn seiner Mutter, der, so hoffte er, jedoch von weihnachtlicher Milde überdeckt werden würde. Er zog hastig seine Jacke an, schüttelte Fräulein Schneider die Hand, sprang aus der Tür, kam zurück, um sich für den Geldschein und den Kakao zu bedanken, und wäre beinahe auf dem ersten Treppenabsatz gestürzt. Als er unten angekommen war, blickte er nach oben, wo Fräulein Schneiders weißes Haar aufleuchtete. Sie winkte ihm aufgeregt zu. Deine Mütze! Deine Mütze! Du hast deine Mütze vergessen! Sie wedelte mit seiner dunkelblauen Bommelmütze und ließ sie mit einem „Vorsicht, Gefahr von oben!" hinunterplumpsen. Konrad fing sie mit einer Hand auf, als wollte er der Werfenden beweisen, dass er doch über Torhüterqualitäten verfügte.

Auf dem Heimweg, den er schwitzend und rennend zurücklegte, fragte er sich einen Augenblick lang, wie Fräulein Schneider diesen Abend, der ja nicht irgendein Abend war, verbringen würde.

5

Einen Augenblick, ja, länger nicht, so ehrlich musste man sein. Der Gedanke an Fräulein Schneiders womöglich recht einsame Weihnachten beschäftigte Konrad nicht mehr, als er zu Hause Sturm läutete und auf ein gnädiges Gesicht seiner Mutter hoffte. Und ja, er hatte Glück, außer einem „Wo warst du denn so lange? Du musst dich noch umziehen!" erntete er keine Vorwürfe, zumal sich Mutters Aufmerksamkeit auf seine Schwester richtete, die mit verweinten Augen im Flur hockte und an ihrer verhassten weißen Wollstrumpfhose herumzerrte. Er verstand die Wut seiner Schwester, doch es gehörte zu Weihnachten, dass in Bekleidungsfragen ein strenges Regiment geführt und unter Garantie nur das als festtauglich angesehen wurde, was kratzte, juckte oder Beklemmungen auslöste. So beulte sich die Strumpfhose seiner Schwester an den Knien aus, egal, wie sehr sie am Bund zerrte und die Passform zu ändern versuchte, doch darüber ließ sich nicht diskutieren.

Warum, dachte Konrad, soll sie es besser haben als ich, und wusste, dass auf seinem Bett jener dunkelgrüne Janker auf ihn wartete, den anzuziehen eine Zumutung darstellte. Der schwere Stoff, die Knöpfe – Hirschhornknöpfe, wie sein Vater bei jeder Gelegenheit betonte –, die enge Schulterpartie ... Konrad begann zu schwitzen,

47

noch ehe er das kratzige Stück angelegt hatte, und bemühte sich, Unmutsäußerungen zu verbergen. Derart ausstaffiert fuhren sie in die Innenstadt, um dem Anlass gemäß in der ehrwürdigen Stadtkirche den Gottesdienst zu besuchen. Die schmucklose Kirche, zu deren Gemeinde sie gehörten, wurde am Heiligabend ob ihrer nüchternen Atmosphäre gemieden; eine „Notkirche" sei das, hatte er in der Grundschule gelernt, ein Nachkriegsbau, der nicht viel hermachte.

So verging Weihnachten wie die Weihnachten zuvor. Auf der Rückfahrt beklagte sich Konrads Mutter darüber, dass der Pfarrer seine Ansprache mit seinen Ansichten zur Wiedervereinigung aufgefüllt hatte. Welche Hoffnung davon ausgehe, vergleichbar nur mit der Hoffnung, die das kleine Jesuskind in seiner Krippe verkörpere. Konrad hatte dem Pfarrer nicht zugehört und alle fünf Minuten auf seine Armbanduhr gestarrt, als ließe sich der Zeiger dadurch zur Eile antreiben, und die Art und Weise, wie sein Vater auf die Predigtkritik reagierte, deutete darauf hin, dass der mit seinen Gedanken ebenfalls nicht bei der Sache gewesen war.

Erst beim Aussteigen zu Hause, als Konrad seine Aufregung kaum noch zähmen konnte, fragte ihn seine Mutter, wie es bei es bei Miss Marple, nein, beim Fräulein Schneider gewesen sei und was er so lange bei ihr gemacht habe. Er zögerte kurz, wusste, dass es besser war, die Eltern mit ausgewählten Informationen abzuspeisen. Von ihren gewöhnungsbedürftigen Plätzchen, die sie noch früh genug zu Gesicht bekämen, und ihrem nicht minder gewöhnungsbedürftigen Lamettaumgang erzählte er in Andeutungen, und als er das Geldgeschenk erwähnte, empörte sich seine Mutter und schüttelte den Kopf. Das gehe nicht, das arme Fräulein Schneider, eine alleinstehende Rentnerin, die niemanden hatte auf der Welt, den Schein müsse er zurückgeben, was er sich dabei gedacht habe, ihn anzunehmen ...

Zum Glück wurde dieser Redeschwall von Konrads Schwester unterbrochen, die noch auf der Straße anfing, sich ihrer Strumpfhose zu entledigen, was zu heftigen mütterlichen Protesten führte, die vom bedauernswerten Fräulein Schneider ablenkten. Schimpfend schloss man die Wohnungstür auf, und leicht hätte ein Außenstehender diese Szene für bare Münze genommen. Alle Geigers jedoch wussten, dass sie Teil eines Spiels waren, ohne sich jemals auf dessen Ablauf verständigt zu haben. Allen war klar, dass die Bescherung nahte und von diesem Moment an schwelende Probleme nicht mehr zählten. Der Bescherung ging quasi als hinauszögerndes Element das gemeinsame Absingen von Weihnachtsliedern voraus, nachdem Konrads Vater – oder offiziell: das Christkind – die Kerzen am Weihnachtsbaum entzündet hatte.

Schön klang es nicht, was die Geigers hervorbrachten, allein der Vater, der, wie er nicht müde wurde zu betonen, Jahre im Geislinger oder Eislinger Kirchenchor gesungen habe, hielt die Melodie, während Konrad sich, um nicht aufzufallen, selbst bei „O du fröhliche" auf ein Mitsummen beschränkte. Seine Schwester blies – mit oder ohne Strumpfhose – in die Blockflöte, und die Augen aller bekamen mit einem Mal einen milden Schleier, der nicht vom Kerzenlicht herrührte. Nun, dachte Konrad, waren es nur wenige Minuten bis zur Bescherung, und auf diese folgte das prachtvolle Abendessen mit Kartoffelsalat und Saitenwürstle, von denen er – das hatte er sich fest vorgenommen – in diesem Jahr drei Paar essen würde. Seine Schwester würde chancenlos zurückbleiben, und ausnahmsweise, weil Weihnachten war, gab es Spezi, das Schwip Schwap hieß, eine ganz ungesunde Sache, bei der seine Mutter, weil Weihnachten war, beide Augen zudrückte.

Konrad vergrub sich über die Weihnachtstage in seinem Zimmer. Zur Erleichterung aller hatte er früh eine Meisterschaft darin entwickelt, sich selbst zu beschäftigen. Er spielte stundenlang mit seiner Carrera-Bahn, einem Wunsch, den das Christkind segensreicherweise erfüllt hatte, benannte seine Fahrer nach den Formel-1-Champions, ermittelte mit einer Stoppuhr und Engelsgeduld diejenigen, die am schnellsten ihre

Runden drehten, und füllte die Ergebnisse in lange Tabellen.

Erst als es zu schneien begann, der Frost zunahm und die Hoffnung wuchs, dass der Parksee zufror, ließ er von seinen Rennwagen ab und sich zu einem Spaziergang überreden. Weihnachten mit Eiseskälte, das waren richtige Weihnachten. Wenn der Atem bei jedem Zug durch die Luft schwebte und die Nase rot anlief, hängte er sich bei seiner Mutter ein und staunte über seine Schwester, die auf dem See Pirouetten drehte, als hätte sie es gelernt.

Zu Hause angekommen, kuschelte er sich in ein Sofaeck und stopfte Makronen und Springerle in sich hinein, von denen seine Mutter einen unerschöpflichen Vorrat in bunten Blechdosen angelegt zu haben schien. Er vertiefte sich in ein Geschenk seiner Großmutter aus Böhmenkirch, der neuesten Ausgabe des *Kicker-Almanachs*. Eine herrlichere Lektüre konnte sich Konrad nicht vorstellen, eine Tabelle reihe sich an die andere, die Aufstellungen aller deutschen Länderspiele, ließen sich da in Ruhe studieren, und selbst die internationalen Wettbewerbe wurden in allen Einzelheiten nachbereitet. Ärgerlich nur, dass sein Verein für Rasenspiele als mickriger Verbandsligist nur noch im historischen Teil vorkam.

Das ausgiebige Stöbern im Almanach – fünf Jahrgänge besaß Konrad bereits – ließ Fußballsehnsucht aufkommen. An den Feiertagen, das war, vom Jankertragen abgesehen, ihr einziger Nachteil, spielte man nicht draußen, und die Freunde zu besuchen schickte sich nicht. An Weihnachten wollen die Familien unter sich bleiben, erklärte seine Mutter mit einem feierlichen Gesichtsausdruck, der Konrad so vorkam, als strenge er sie ein klein wenig an.

Zu gern hätte er, mit Mütze, Schal und Handschuhen ausstaffiert, vor den Garagen mit Uli oder Klaus den Ball so lange gegen die Metalltore gehämmert, bis die ersten Nachbarn die Fenster aufreißen und ihnen irgendetwas von Feiertagsruhe zubrüllen würden. Das fiel die nächsten Tage aus, und die Bundesliga würde ihre Spiele erst Ende Januar wieder aufnehmen. So dachte Konrad wieder an Fräulein Schneider und deren Begeisterung für den Fußball. Ob sich diese Miss Marple auch dafür interessierte? Er meinte sich an einen Film mit ihr zu erinnern, in dem sie den Golfschläger schwang. Oder so tat, als könne sie das tun, wahrscheinlich, um einen Verbrecher in Sicherheit zu wiegen und als unschuldige, Sport treibende Rentnerin keinen Verdacht zu erregen. Sich Miss Marple jedoch als erregte Zuschauerin in Liverpool oder Leeds vorzustellen, gelang Konrad nicht. Zudem hatte sie ihren Mr Stringer, an den sie Rücksicht nehmen musste, an ihrer Seite, was, wie er an seinem Vater sah, häufige Stadionbesuche erschwerte. Fräulein Schneider litt, so viel er wusste, nicht unter solchen Einschränkungen und hätte sogar zu Auswärtsspielen nach Renningen oder Herrenberg fahren können.

Ob sie sich bei seiner Mutter melden würde? Ihr beim Baumabschmücken zu helfen, das wäre kein großer Aufwand, und anschließend hätte er mit ihr vielleicht den *Kicker-Almanach* studieren können. Mit seiner Mutter machte das keine Freude, wann immer er ihr spannende Halbfinalspiele im Europacup nacherzählte, nickte sie freundlich, brachte allenfalls ein „Ach, wie interessant" hervor und hatte Dringendes in der Küche zu erledigen. Selbst sein Vater verlor nach einer Stunde Analyse vergangener Höhepunkte die Geduld. Mit Fräulein Schneider wäre das anders, daran hatte Konrad keinen Zweifel. Sie besaß das Fußballgen.

Als hätte irgendjemand seine Wünsche erhört, klingelte am Neujahrsnachmittag das Telefon. Fräulein Schneider, so seine Mutter, der die Überraschung ins Gesicht geschrieben stand, habe gefragt, ob er ihr helfen könne. Sie tue sich schwer, ihren reich beladenen Christbaum zu entsorgen, das Kreuz. Ob Konrad, mit dem sie am Heiligabend so nette Stunden verbracht hatte, ihr nicht zur Hand gehen könne. Bei der Enge ihrer Wohnung könne sie leider nicht bis Dreikönige warten. Nein, er würde nicht stören, ihr sei sowieso langweilig.

Konrads Mutter wunderte sich über diese Anhänglichkeit und hatte Bedenken. Konrads Vater keine, er erinnerte sich stattdessen an einen Auftritt von Fräulein Schneider in der Werkskantine, der Jahre zurücklag. Aus einem Päckchen, das aufgerissen auf einem der Tische lag, waren Styroporkugeln herausgefallen, eine Versuchung, der die Buchhalterin nicht widerstehen konnte. Sie habe sich den jungen Weiß aus dem Verkauf geangelt, zwei Stühle zu Toren erklärt und wuchtige Schüsse abgefeuert. Weiß, der in einer Freizeitmannschaft als Linksaußen spielte, habe nicht lange gefackelt und sich auf ein Match mit der mit vollem Körpereinsatz agierenden Gegnerin eingelassen. Die Kugel seien hin- und hergeflogen, Fräulein Schneider habe mit ihren halbhohen Schuhen eine Schusstechnik an den Tag gelegt, die Weiß überraschte. Unter dem Gejohle aller Kantinenbesucher habe es lange nach einem Unentschieden ausgesehen, bis einer der Geschäftsführer in der Tür gestanden und das Geschehen ungläubig verfolgt habe. Das aus der Puste geratene Fräulein Schneider sei, nachdem sie ihr Kostüm gerichtet und mit Linksaußen Weiß abgeklatscht habe, unbeeindruckt an ihren Platz zurückgekehrt und habe sich wieder dem Gaisburger Marsch zugewandt, der hier Böckinger Feldschrei hieß.

Konrad Vaters lachte über seine Geschichte so schallend, als hätte er sie noch nie gehört, während seine Frau schwankte, ob diese kickende Miss Marple für ihren Sohn der richtige Umgang sei. Dennoch gab sie nach, und so brach Konrad am nächsten Morgen gleich nach dem Frühstück, versehen mit Verhaltensanweisungen seiner Mutter, auf, um dem armen Fräulein Schneider beim Abschmücken ihres Baumes zu helfen. Zum Mittagessen habe er spätestens zurück zu sein.

Als Konrad aus dem Haus sprang – den Fußballalmanach hatte er vorsorglich in seine Jackentasche gesteckt –, störte er sich nicht daran, dass der Schnee der vergangenen Tage in einen unangenehmen Nieselregen übergegangen war. Was Fräulein Schneider wohl heute auf Lager hätte? Seit seinem ersten Besuch war ihm klar, dass Gespräche mit ihr Unberechenbares an sich hatten. Völlig anders, als wenn sie alle paar Monate die üblichen Besuche bei Tanten, Onkeln und Großeltern absolvierten, wenn sie nach Bergen-Enkheim, Böhmenkirch oder Speldorf fuhren. Mühsame Autofahrten, auf die sich Konrad einerseits freute und an deren Ende andererseits nichts Aufregendes wartete. Die Geigers, die angeheirateten Geigers und die, die irgendwie als um zwei Ecken Verwandte galten, das begriff er früh, waren normale Leute mit geringem Überraschungseffekt. Was geredet, was unternommen, ja, sogar was gegessen wurde, ließ sich vorhersagen, manchmal wettete Konrad insgeheim darauf, mit welchen Worten Tante Änne oder Onkel Hermann den Käsekuchen oder ein Wahlergebnis kommentieren würden. Seine Trefferquote lag hoch. Bei Fräulein Schneider traute er sich das nicht zu. Eine Frau aus Vaters seriöser Firma, die beim Mittagessen Styroporkugeln zwischen Stuhlbeine jagte, damit konnten Tante Änne und Onkel Hermann nicht konkurrieren.

In dem Moment, als er das Schneider'sche Haus erreichte, hörte er einen Aufprall und sah einen all seiner Zierden beraubten Christbaum im Lattenzaun hängen. Ein Christbaum, dachte Konrad eine Sekunde lang, der kein Christbaum mehr war, eine gewöhnliche Fichte vielmehr, weil sich nur noch klägliche Reste des Weihnachtsschmucks in ihren dürren Zweigen verfingen. Ein Apfel, Überbleibsel einer zersplitterten Glaskugel und Lamettafäden, deren silbriger Glanz in ein mattes Grau übergegangen war.

Huhu, Konrad, huhu, hast du was abbekommen? Fräulein Schneiders sonore Stimme war nicht zu überhören, wie immer ging sie davon aus, dass die Nachbarschaft ungeheuer an dem interessiert war, was sie zu sagen hatte. Ihr Kopf ragte aus einer Dachluke hervor, durch die sie offenbar den Baum gezwängt und auf gut Glück Richtung Gehweg geworfen habe. Nun ist dieses elende Ding aus dem Weg, Gott sei Dank! Komm gleich hoch, wir haben Wichtiges zu erledigen!

Dass sich so der Grund seines Besuches erledigt hatte und wie er seiner Mutter das erklären würde, schoss ihm kurz durch den Kopf, doch die Neugier verdrängte diese unnötigen Gedanken, und eine Minute später stand er wieder im wunderbaren

Sammelsuriumwohnzimmer der Buchhalterin im Ruhestand.

Das Teppichende, auf dem der Baum die wenigen Tage seines Weihnachtsbaumdaseins hatte verweilen dürfen, war übersät mit Nadeln, Kugelteilen und dem nun gänzlich derangierten Schlittennikolaus, der keine weiteren Festtage erleben würde. Daneben lag ein halb geöffneter Karton, aus dem Reste von Lametta quollen. Ungeduldig und hektisch hatte Fräulein Schneider bereits am Abend zuvor ihrer Elendsfichte den Garaus gemacht, ihre Erledigung selbst vorgenommen und das Lametta zusammengeknäult.

Nächstes Jahr, Konrad, gehen wir das schon vor Silvester an, dann ist Weihnachten früher passé, was mir nur recht ist. Deiner Mutter erklärst du, wie schön es gewesen sei, mit mir in aller Ruhe jeden einzelnen Lamettafaden abzuhängen und liebevoll in eine Schatulle zu legen. Manche hätte ich sogar gebügelt, das wird sie beeindrucken. Dazu hätte ich mit Tränen in den Augen eine Schallplatte abgespielt, fünfmal, *Nana Mouskouri singt Weihnachtslieder aus aller Welt* oder irgend so ein Kram. Und mach dir keine Gedanken, das geht als Notlüge durch, wir wollen ja nicht, dass sich deine liebe Mutter unnötige Sorgen macht. Ich brauche dich außerdem für ein großes Projekt, das ich ohne dich gar nicht anpacken kann!

Konrad hörte mit halb offenem Mund zu. Das Wort „passé" verstand er nicht, was er mit einem

„Projekt" zu tun haben könnte, auch nicht. Und dass Fräulein Schneider so ein Weihnachtsmuffel war, noch weniger. Was hatte ihr dieses Fest so verdorben? Hatte sie ihm ihre Weihnachtsliebe nur vorgemacht?

Möchtest du was trinken? Ach was, das hat Zeit, setz dich da hinten an den Tisch. Fräulein Schneider ging zum Fernseher, schnappte sich jene Metallfigur, die Konrad am Heiligabend aufgefallen war, und platzierte sie vor seine Nase. Weißt du was das ist? Konrad betrachtete die Gestalt von allen Seiten: eine Art Fußballspieler mit einem merkwürdigen Druckknopf auf dem Kopf, ein feststehendes Bein, das mit einer kleinen grünen Platte verbunden war, und das zweite, das lose aufgehängt in der Luft schlenkerte. Der Kicker trug eine schwarze Sporthose und ein gelbes Trikot, dessen Farbe überall abblätterte. Auch sein Gesicht war in Mitleidenschaft gezogen, seine Augenpartie kaum noch zu erkennen. Die Figur machte einen erbarmenswürdigen Eindruck, sie hatte offensichtlich sehr viele Jahre auf dem Buckel.

Das sieht aus wie eine Spielfigur, ein Spielfußballer, wie aus einer Flohmarktkiste ... Fräulein Schneiders Oberkörper wölbte sich in seiner ganzen Wucht auf, und sie warf Konrad einen strafenden Blick zu. Sie war es gewohnt, auf ignorante Zeitgenossen zu treffen, die von den wichtigsten Dingen keinen blassen Schimmer hatten, doch dass ihr Fußballfreund Konrad so versagte ... Flohmarkt? Hast du Flohmarkt gesagt, bist du des Wahnsinns fette Beute?

Sie setzte sich neben Konrad, streichelte die gelbschwarze Figur andächtig und betätigte den metallenen Druckknopf so zart, als handelte es sich um ein Stück der englischen Kronjuwelen. Womit verbringst du deine ganze Zeit? Mit Mensch-ärgere-dich-nicht, Fang-den-Hut oder Halma? Kennst du nur solchen Kinderkram? Das, du unwissendes Bürschchen, ist eine historica Rarität, eine Tipp-Kick-Figur, die noch vor dem Krieg hergestellt wurde, eine handwerkliche Meisterleistung. Sind deine Hände sauber? Dann fühl mal, das ist Blei, richtiges Blei, anfangs haben sie Blech genommen und später Zink. Kennst du dich bei Metallen aus?

Konrads Zeigefingerkuppe fuhr ängstlich über den gewölbten Rücken, sanft, um ja nicht die letzten Trikotpartikel zu lockern. Noch vorsichtiger drückte er auf den Knopf, der bestens funktionierte und das rechte Schussbein in Bewegung versetzte. Es schwang hin und her. Fräulein Schneider sah ihrem Zögling zu, gerührt und beglückt, dass er es verstand, mit diesem Schatz so umzugehen, wie es sich gehörte: weihe-, ehrfurchts- und liebevoll.

Auf einer Sammlerbörse habe ich den vor zehn, fünfzehn Jahren entdeckt und dem Händler, einem ausgebufften jungen Kerl, abgeluchst. Unverschämt, was er mir dafür aus der Tasche

59

geleiert hat, aber solche historischen Spielfiguren sind äußerst selten. Ich habe in der Firma gleich ein paar Überstunden gemacht, um mein Loch im Geldbeutel wieder zu schließen. Er ist noch gut in Schuss ... ha, gut in Schuss! Hast du den Witz verstanden? Ihr Lachen erdröhnte. Einmal die Woche reinige ich ihn mit einem Spezialtuch, und natürlich ist er in Rente wie ich, das heißt, er ist so eine Art Tipp-Kick-Fritz-Walter, ein verdienter Fußballer, der nicht mehr ins Geschehen eingreift, ein Elder Statesman.

Die Wörter „ausgebufft" und „Elder Statesman" überging Konrad, vielleicht wäre seine Mutter damit zu beeindrucken, dass seine Besuche bei Fräulein Schneider der Wortschatzerweiterung dienten, eine wichtige Sache für einen frischgebackenen Gymnasiasten. Fritz Walter kannte er zum Glück, der kam im *Kicker-Almanach* oft vor, ein richtiger Weltmeister.

Tipp-Kick kenne ich, sagte Konrad, der das Gefühl hatte, bei Fräulein Schneider allmählich wieder mit irgendwas punkten zu müssen. Ein Freund hat das zu Hause, es gibt da, glaube ich, viel weniger Fußballer als bei einem richtigen Spiel. Ich selber spiele lieber Tischkicker, wenn Sie das kennen. Unserer ist allerdings kaputt, da war so ein Kindermodell auf wackligen Beinen, die der Reihe nach abgeknickt sind. Jetzt stehen die Teile im hintersten Kellereck.

Ah, ich sehe, wir haben eine Gesprächsgrundlage! Tischkicker oder Tipp-Kick, da stehen wir vor weltanschaulichen Fragen. Es gibt übrigens weitere Alternativen. Eine Weile, das ist sicher zwanzig Jahre her, habe ich mich intensiv mit Subboteo beschäftigt, einer Variante aus England, bei der man mit vielen Figuren spielt, sie mit den Fingern anschnipst und ein großes taktisches Verständnis benötigt. Den Name hat sich ein Vogelkundler ausgedacht, er stammt von der lateinischen Bezeichnung des Baumfalken ab, *falco subboteo*. Bitte präge dir das ein, und erzähle deiner Mutter unbedingt, dass ich mit dir kleine Lateinübungen mache.

Danach hatte ich eine Tischkickerphase, kein so ein Kindergartengestell, sondern einen richtigen Wirtshauskicker, der schwer wie zwei Fässer Bier auf dem Boden stand. Wochenlang habe ich Kataloge gewälzt, mir Modelle angesehen und dann ein Profiteil bei einem Automatenhändler in Wattenscheid bestellt. Das kennst du, Wattenscheid, ja?, ein Hersteller an einem Bundesligastandort, wenngleich damals nur zweite Liga, das hat mir imponiert.

Ich sehe das gute Stück genau vor mir, ein massives Holzgehäuse, stabil wie sonst was. Hartholzbeine mit so Gummifüßen, Kunststofffiguren und Zählwerken. Tausend Mark hat mich das Vergnügen gekostet, das bald keins mehr war. Meine Untermieter haben sich beschwert, Banausen durch und durch, das sei eine Lärmbelästigung, das Klackern der Bälle und mein übertriebener Torjubel. Ich bitte dich, Konrad, übertriebener Torjubel, was soll das sein? Man muss aus dem Häuschen geraten, wenn man sich im Sturm die Bälle so raffiniert zuschiebt, dass die Abwehr alt aussieht und man den Ball im Tor versenkt. Die Idioten haben sich beim Hausbesitzer beschwert, mit einem Anwalt gedroht, und ich durfte nur noch vormittags oder nachmittags zwei Stunden kickern, ein Skandal, eine Verletzung meiner Grundrechte, wenn du davon schon mal gehört hast! Vormittags und nachmittags, ein idealer Zeitpunkt für eine berufstätige Frau!

Schweren Herzens habe ich das Wattenscheider Prunkstück wieder verkauft und umgehend dafür gesorgt, dass diese dämlichen Untermieter, die wahrscheinlich ihre Abende mit Wattepusten verbracht haben, auszogen, drei Monate später. Ich kenne da Tricks, Konrad, wie man unliebsame Nachbarn loswird, einer besser als der andere. Aber dafür bist du zu jung, und deine Eltern wären nicht erfreut, wenn ich dich so mit der Härte des Lebens konfrontieren würde. Die Figuren hatten übrigens die Vereinswappen des VfB Stuttgart und des Karlsruher SC auf ihren wohlgeformten Körpern, was extra gekostet hat.

Subboteo, Tischkicker ... und dann kam Tipp-Kick, was private Gründe hatte und wogegen, wenn ich meinen Torjubel dämpfe, keiner im Haus was einwenden kann … Fräulein Schneider unterbrach ihren Redefluss und schaute irgendwohin, an Konrad vorbei, der kaum zu atmen wagte und nichts dagegen hatte, sich von all den Informationen zu erholen. Während sich am versonnenen, ja, verklärten Gesichtsausdruck Fräulein Schneiders nichts änderte und im Zimmer nur das Ticken der Wanduhr zu hören war, fragte sich Konrad, mit wem sie in all den Jahren ihre Tischfußballleidenschaft geteilt haben mochte. Subboteo, Kicker und Tipp-Kick nur mit sich und gegen sich zu spielen brachte auf Dauer nichts. Man brauchte Gegenspieler, Konkurrenten, die es in die Knie zu zwingen galt. Einer verlor, und der andere gewann, so war das nun mal. Seiner Mutter durfte er damit nicht kommen, die hätte am liebsten nur Spiele gemacht, bei denen es keine Sieger und Besiegten gab, also langweilige Sachen, wo es um nichts ging. Fräulein Schneider, das spürte er, stand da auf seiner Seite, doch mit wem hatte sie früher gespielt, mit wem spielte sie heute?

Als sei sie plötzlich erwacht, sprang Fräulein Schneider auf und begann in einer Kommodenschublade zu kramen, ungeduldig und vor sich hin schimpfend. Wo ist denn das Mistding? Wer in dieser Wohnung auch immer alles verräumt! Wenn ich nicht wüsste, Konrad, dass du unschuldig bist, würde ich auf dich tippen. Ihre Hände schaufelten sich durch die übervolle Schublade, eine Garnrolle, eine Heftpflasterpackung und ein

Stempelkissen flogen hochkant zu Boden. Himmel noch mal! Aua! Fräulein Schneider schrie auf, diese blöde Nadel. Ich blute! Konrad, siehst du das? Und dabei näh ich nie! Wähl schon mal den Notruf: alte Frau hinterrücks von gemeingefährlicher Nadel attackiert!

Ihr Schmerz legte sich umgehend, als sie fündig wurde. Sie zog aus einer der hintersten Ecken einen schäbigen kleinen Plastikbeutel und hielt ihn gegen das Licht. Da ist er ja, pass auf! Sie schüttelte ihn so lange über der Tischplatte, bis ein unscheinbares Objekt herausfiel, ein vieleckiges, abgegriffenes Objekt, das anno dazumal in leuchtendem Gelb und Rot gestrahlt haben musste. Ein paar Umdrehungen lang hoppelte es müde über den Tisch, bis es wie nach großer Anstrengung liegen blieb.

Das ist – Fräulein Schneider erhob die Stimme – wieder kein Flohmarktfund, bester Konrad, das ist, wenn du so willst, jener entscheidende Gegenstand, ohne den unsere ehrwürdige Fritz-Walter-Figur seiner Bestimmung beraubt wäre. Was, wenn du mir die Abschweifung erlaubst, für uns alle gilt: Den ganzen Tag nur um sich selbst zu kreisen, das macht den Menschen verrückt. Deshalb hat man die Arbeit erfunden, nicht um Geld zu verdienen, wie die meisten glauben, nein, nein, wir brauchen Beschäftigung, um uns darauf zu freuen, wenn wir nichts zu tun haben. Ich hatte Glück mit meinem Beruf. Was vielen ein Rätsel ist, Buchhaltung – geht es öder? Für mich hat das nie gegolten, Rechnungen und Bankauszüge prüfen, Schwindlern und Schlampern auf die Schliche kommen und dieses befriedigende Gefühl, wenn die Monatsabrechnungen bis auf den letzten Pfennig stimmen. So habe ich meine Jahre genossen, weil ich mich erst so auf die Stunden und Tage freuen durfte, wenn mir die Buchhaltung den Rücken runterrutschen konnte ...

Fräulein Schneider brach ab, schien sich an ihren Lebensmaximen selbst zu ergötzen und wunderte sich gleich darauf: Wie, Konrad, bin ich jetzt auf diese interessanten Gedankengänge gekommen? Weil ... weil, ja, weil unser Vorkriegskickermodell ohne diesen Ball aufgeschmissen wäre. Das verstehst du auf Anhieb, oder?

Ball?, murmelte der Angesprochene fragend und rutschte auf seinem Stuhl so weit nach vorne, dass dieser fast kippte. Irgendwie musste man hier auf der Hut sein, ständig mit Überraschungen rechnen, nicht wie zu Hause, wo man beim Abendessen an alles Mögliche dachte, wenn sich die anderen unterhielten. Das ist aber ein komischer Ball, oder?

Fräulein Schneider schien auf diesen Einwand gewartet zu haben. Eine nicht ganz falsche Beobachtung, keine Frage. Zum einen handelt es sich, wie gesagt, ebenfalls um ein historisches Spielgerät, eine Art Fritz-Walter-Ball. Mit diesem Modell wurde übrigens bis 1954 gespielt, also bis zur

Weltmeisterschaft damals, davon hast du sicher gehört. Es handelt sich um ein inzwischen kaum mehr aufzutreibendes Exemplar aus Kork, das mit besonderen Sägen in Einzelarbeit hergestellt wurde. Heute sind die Bälle natürlich aus Plastik, und gesägt wird da nichts mehr.

Kuboktaeder, so nennt man diesen Körper mit seinen sechs Quadraten und acht gleichseitigen Dreiecken. Merk dir das Wort, unbedingt. Dem vor uns liegenden Korkball sieht man seine Ecken und Kanten kaum mehr an, das gebe ich zu, die sind im Lauf der Jahre beinahe abgeschliffen, kein Wunder, wenn man sich vorstellt, wie viele Spiele damit ausgetragen wurden. Und was lehrt uns so ein Kuboktaeder? Dass Bälle keineswegs rund sein müssen! Wir müssen also die alte Fußballweisheit „Das Runde muss ins Eckige" überdenken. Beim Tipp-Kick heißt das Ziel: Das Eckige muss ins Eckige!

Konrad versuchte erst gar nicht, das Wort nachzusprechen. Erst der komische lateinische Bergfalke und jetzt dieser Irgendwas-Eder, das war zu viel … und hielt ihn dennoch nicht davon ab, sich ihm zu nähern. Unter Fräulein Schneiders wachsamem Blick nahm er den Korkeckball, oder wie man dazu sagte, zwischen Daumen und Zeigefinger und ließ ihn vorsichtig hin- und hergleiten, ängstlich darauf bedacht, nicht die letzten verbliebenen Ecken abzuschleifen. Hart fühlte sich der Kork an, fast wie ein Stein, ein Stück wie aus der Mineraliensammlung seines Onkels Winfried.

Und nun Schluss damit, Konrad! Deine historische Lektion hast du bekommen, aber wir wollen uns ja nicht nur mit altem Kram abgeben. Wir wollen die große Tipp-Kick-Tradition fortsetzen, wir beide, ich zähle auf dich. Beim nächsten Mal werden wir aktiv ins Spielgeschehen eingreifen. Du wirst dich, wenn du deine Schulaufgaben ordnungsgemäß erledigt hast, in das Regelwerk des Spiels einarbeiten und ehe du dich versiehst, werden wir praktische Übungen vornehmen. Ich habe dir zwei Seiten mit Regelerläuterungen kopiert, die studierst du genau. Ohne theoretische Grundlagen lassen sich keine Erfolge erzielen. Nächstes Weihnachten, das ist unser Ziel, kommen wir groß raus.

Sie reichte ihm zerknitterte Fotokopien, stellte Fritz Walter zurück auf den Fernseher und verstaute den Ball in seinem Beutel. Mach, dass du nach Hause kommst, ehe deine Mutter die Polizei ruft.

6

Am späten Nachmittag kämpfte Fräulein Schneider mit sich und ihrem Leben, kein heroischer, tobender Kampf, sondern eher ein unstetes Ringen mit dem, was sich auf ihre Brust, ja, vielleicht sogar auf ihre Seele legte. Die Uhr ließ sich danach stellen, denn wann immer sie gegen vier, fünf Uhr auf ihrem Sofa saß, überfiel sie ein Überdruss, dessen genaue Ursache nicht zu ergründen war.

Nach dem spärlichen Mittagessen, das meist aus einer Suppe und einem Emmentaler-Brot bestand, legte sie sich aufs Ohr, darauf bedacht, dass diese Pause nie länger als eine Stunde andauerte. Ruhte sie ausnahmsweise länger, fühlte sie sich gerädert und hatte nachts mit dem Einschlafen zu kämpfen. Doch wenn es in den Wintermonaten früh eindunkelte und das Himmelsblau sich allmählich schwarz färbte, kam eine Unruhe über sie, die sie mit einem Glas Portwein zu dämpfen versuchte. Mit einem halb gefüllten Glas Tawny der Firma Burmester. Deren Keller hatte sie vor zwei Jahren besucht, bei einer einwöchigen Portugal-Reise. Sie hatte Wert darauf gelegt, dass sie nicht nur das kulturelle Pflichtprogramm absolvierte, und nahm sich Zeit, das Estádio da Luz, wo Benfica Lissabon seine Spiele austrug, und der Gerechtigkeit wegen auch das Estádio das Antas in Porto zu besichtigen.

Am letzten Tag hatte sie von Kirchenbesichtigungen und Altstadtrundgängen Abstand genommen und sich stattdessen über die eiserne Ponte Luis aufgemacht in das Viertel der Kellereien jenseits des Douro. Die großen Hersteller meidend, war sie bei Burmester bestens beraten worden und hatte sich ein Kistchen mit drei Flaschen eines dreißig Jahre alten Tawny aufgeladen, der ein Vermögen kostete. Dessen herb-süßen Geschmack auf der Zunge versuchte sie in ihrer blauen Stunde in die Länge zu ziehen, auszukosten, um sich von diesem flatternden Gefühl abzulenken. Das sei die „heure blöd", hatte sie in einem Roman gelesen, das passte, die blöde Stunde, wenn zwischen Nachmittag und Abend Luft blieb und sich eine unbestimmbare Traurigkeit herabsenkte.

„Nur keine Sentimentalitäten", so hieß seit eh und je ihr Motto, doch in den blödblauen Stunden fiel es ihr schwer, die Anzeichen von Schwäche beiseitezuwischen und nicht an ihrer Einsamkeit zu leiden. Sie hatte sich daran gewöhnt, allein zu leben, seit gut dreißig Jahren, das war einmal anders gewesen. Ihre Eltern lebten nicht mehr, seit Langem, mit Anfang siebzig waren sie binnen eines halben Jahres gestorben, als hätten sie kein Interesse daran gehabt, sich als Einzelwesen durchzuschlagen. Geschwister hatte sie keine, und die entfernt verwandten Onkel und Tanten lebten verstreut im ganzen Land. Bedürfnisse, einander regelmäßig zu sehen, waren auf keiner Seite aufgekommen.

Fräulein Schneider hatte keine Probleme damit, mit sich selbst zurechtzukommen, und gestattete es sich nicht, grundlos ins Gefühlige abzudriften. Schon in der Bürokantine war bei ihr Ungeduld aufgekommen, wenn private Probleme gewälzt oder Krankheitssymptome analysiert wurden. Sofort stellte sie dann, wie ihre Mutter gesagt hatte, die Ohren auf Durchzug und stieß ihren Löffel mit voller Wucht in den Nachtischpudding. Halbherzige Versuche, in Volkshochschulkursen, Koch- oder Kirchengemeindezirkeln Anschluss zu finden, fruchteten nicht. Vielleicht war sie, das fußballbegeisterte Fräulein Schneider, den anderen nicht geheuer, vielleicht spürten sie, dass sie es mit einer selbstständigen Person zu tun bekamen, die sich ein Leben ohne Hefeteigkurse und Singstunden vorzustellen vermochte.

Ab und zu half sie im Sportverein aus, betreute nicht nur das Kassenhäuschen, sondern unterstützte den Schatzmeister zweimal im Monat, der dankbar war, jemanden an seiner Seite zu wissen, der sowohl von indirekten Freistößen als auch von Debitorenkonten Ahnung hatte. Dieser Mann, ein pensionierter Finanzbeamter und Witwer, hatte anfangs zaghafte Versuche unternommen, Fräulein Schneider zum gemeinsamen Besuch eines Ausfluglokals oder eines Kinos zu überreden. Ohne Erfolg, doch die unmissverständliche Art und

Weise, wie ihn Fräulein Schneider abblitzen ließ, hatte immerhin dazu geführt, dass er seine Chancenlosigkeit ohne Umschweife einsah und sich mit ihr bald wieder ohne Ressentiments ausschließlich über indirekte Freistöße und Debitorenkonten unterhielt.

Und ja, da gab es zwei oder drei Freundinnen, die Gnade vor ihren Augen gefunden hatten, unanstrengende Frauen, die nicht erwarteten, dass Fräulein Schneider jeden zweiten Tag nichts Besseres zu tun hatte, als lange Telefonate zu führen oder sich am Samstag in einer Konditorei zu treffen. Eine Kollegin aus der Personalabteilung, Frau Ettmayer, zählte dazu, eine Österreicherin, die sich mal von ihrem Mann trennte, mal wieder mit ihm versöhnte und sich gut als Begleitung für Theater- und Konzertbesuche eignete.

Wenn sich die blaue Stunde allmählich verzog und der Port seine besänftigende Wirkung entfaltete, kümmerte sie sich um das Abendessen. Als Meisterköchin würde sie nirgendwo eine Anstellung finden, doch der Zwang, sich zumindest am Wochenende eine vernünftige Mahlzeit zu kochen, hatte dazu geführt, dass sich ihre Fähigkeiten nicht auf das Anbraten einer Leberkässcheibe beschränkten. Stand sie erst einmal in der Küche, kamen die Lebensgeister zurück. Als Gewohnheitstier legte sie Schallplatten auf, Streicher, die nichts allzu Kompliziertes spielten, freute sich auf ein Glas Wein und las die Tageszeitung, das Käsblatt, wie sie sagte, und Kriminalromane.

Die Klassiker hatte sie alle gelesen, vor allem die englischen, Conan Doyle, Dorothy Sayers, P. D. James und natürlich Agatha Christie. Sayers' Lord Peter Wimsey und Christies Hercule Poirot gehörten zu ihren Lieblingsermittlern – und konnten es dennoch nicht aufnehmen mit Christies schrulliger Hobbydetektivin Miss Marple. Die Taschenbücher mit den schwarzweißen Nadelstreifen auf den Umschlägen nahmen einen Ehrenplatz auf dem dicht gefüllten Krimiregalbrett ein. Allzu viele Fälle hatte Agatha Christie Miss Marple leider nicht anvertraut, doch mit ihnen beschäftigte sich Fräulein Schneider immer wieder. Einmal im Jahr las sie alle Miss-Marple-Romane aufs Neue, und wenn die Fernsehanstalten zu lange mit einer Wiederholung der Verfilmungen warteten, schob sie eine Videokassette in ein Gerät, das sie über eine Zeitungsannonce gebraucht erstanden hatte.

Es hatte nicht lange gebraucht, bis ihr eine frappierende Ähnlichkeit mit der Marple-Darstellerin Margaret Rutherford aufgefallen war. Selbst als sie erst vierzig war, sah sie die Parallelen, und mittlerweile hätten Fräulein Schneider und diese Rutherford als Schwestern durchgehen können. Es gehörte nicht viel Spürsinn dazu, die Übereinstimmungen, die nicht nur das Äußere betrafen, zu erkennen. Selbst im Büro war getuschelt worden, und wann immer einer dieser Filme gezeigt wurde, etwa der, der mit einer beeindruckenden Würgeszene in einem Zugabteil begann, hörte sie am nächsten Tag ein unterdrücktes Ah-Miss-Marple-gibt-uns-die-Ehre durch die Gänge rauschen.

Fräulein Schneider verzog nie eine Miene und gab mit nichts zu erkennen, dass ihr Agatha Christie, Miss Marple oder Margaret Rutherford ein Begriff waren. Da fast alle Kollegen Angsthasen waren, traute sich niemand, sie darauf anzusprechen, und so bildeten diese sich ein, dass Fräulein Schneider von ihren heimlichen Kommentaren nichts mitbekam. Ihr ahnungslosen Gesellen, dachte sie, wenn sich irgendwelche Mitarbeiter aus dem Verkauf freche Anmerkungen über ihre missmarplehafte Frisur zuraunten; selbst Konrads Vater widerstand der Versuchung nicht und schien hinter ihrem Rücken Miss Marples markante Nase mit der ihrigen zu vergleichen. Wie stümperhaft sich diese Männer benahmen und gleichzeitig dachten, wie raffiniert sie ihr Getuschel verbargen. Fräulein Schneider hoffte im Interesse der Firma, dass sie sich bei geschäftlichen Verhandlungen nicht ebenso dämlich anstellten.

Insgeheim schmeichelten Fräulein Schneider diese Vergleiche. Zum einen galt diese Rutherford als angesehene Schauspielerin, und zum anderen wandte sie Miss Marples kriminalistische Methoden gern auf Buchhaltungsprobleme an. Sie erkannte Fehler, wo andere nicht das Geringste auszusetzen fanden. Erst wenn Fräulein Schneider sie in ausführlicher und geschliffener Rede auf Unstimmigkeiten hinwies, senkten sie den Kopf und fanden – ohne je ein Sterbenswörtchen zu sagen –, dass diese Schneider ein gewiefter Fuchs war, ganz so wie diese englische Detektivin aus dem Fernsehen.

Dass die Marple keine Schönheit war, störte Fräulein Schneider nicht. Sie selbst war auch keine, was ihr, nachdem sie die vierzig überschritten hatte, keine Probleme mehr bereitete. Weiße Strähnen durchzogen ihr Haar früh, und ihr Friseur unternahm längst keine Versuche mehr, es kunstvoll in die Höhe zu stemmen. Auf keinen Fall, hatte sie ihm bei ihren ersten Besuch beschieden, will ich so was wie Anneliese Rothenberger auf dem Kopf haben, also nichts Hochtoupiertes und Aufgeblähtes, kein Gesteck, verstehen Sie? Wenn Sie mir das antun, sind wir geschiedene Leute!

Mit fünfzig nahm ihr Körper Formen an, die keinem Schönheitsideal entsprachen, zumal die füllig werdenden Partien irgendwann begannen ineinander überzugehen. Fräulein Schneider trug es mit Fassung und nahm sich lediglich zweimal im Jahr vor, auf ihre geliebte Krokantschokolade zu verzichten. Wirkung zeigte diese Entsagung nie.

Lesend, Musik hörend, ins Kino gehend, kleine Reisen unternehmend, wandernd, sich um den

Fußball in allen Ligen kümmernd, so hatte sich Fräulein Schneider in ihrem Leben eingerichtet. Das erleichterte ihr den Eintritt ins Rentnerinnendasein – was den männlichen Kollegen keineswegs so leicht fiel. Kaum durften die nicht mehr ins Büro, wussten sie nichts mit sich anzufangen und lechzten danach, zu Firmenjubiläen oder Weihnachtsfeiern eingeladen zu werden, wo sie schon als Endsechziger von den guten alten Zeiten faselten und sich wunderten, dass sich ihre Nachfolger dafür nicht die Bohne interessierten.

Allein hatte Fräulein Schneider nicht immer gelebt. Sie fühlte sich nicht als ewige Jungfer, und wenn ihr in Filmen solche Frauengestalten begegneten, schwankte sie zwischen Empörung und Mitleid. Nein, sie besaß keine grundsätzlichen Vorbehalte gegen Männer, wenngleich ihr in ihrem Berufsleben und auf dem Fußballplatz zahlreiche trübsinnige, von sich grundlos eingenommene Exemplare untergekommen waren. Auch vor dem „Körperlichen", eine nie laut geäußerte Formulierung ihrer Mutter, ekelte sie sich nicht. Wer in einem Dorf auf der Schwäbischen Alb aufwuchs, tagaus, tagein mit Tieren Umgang hatte, entwickelte in der Regel einen offenen Umgang mit diesem Körperlichen. Auch die Liebschaften auf dem Dorf, die Zudringlichkeiten bei Tanz- oder Faschingsfeten boten frühes Anschauungsmaterial – wenn auch nicht immer das angenehmste.

Fräulein Schneider hatte mit Roland zusammengelebt, einem Bauingenieur, den sie mit Ende zwanzig kennengelernt hatte, an ihrem ersten Arbeitsplatz in Herrenberg. Ein bescheidener Mann aus Stuttgart, der attraktiv war, ohne es zu ahnen, wusste, was er wollte, und ihr so zurückhaltend den Hof machte, als sei er einem Film aus den Fünfzigerjahren entsprungen. Sie hatte ihn zappeln lassen, ohne einen Moment lag daran zu zweifeln, dass er der Richtige war. Fast anderthalb Jahre waren sie „miteinander gegangen", ehe sie, auch aus Kostengründen, eine gemeinsame Wohnung suchten und fanden. Die Vermieterin, eine Kielerin, die froh war, mit den Einheimischen nichts zu tun zu haben, hatte nur kurz ein Verheiratet-sind-Sie-aber-nicht? fallen lassen und ihnen die Wohnung in Pfäffingen überlassen – zur Empörung der Nachbarinnen, die sich erst beruhigten, als Fräulein Schneider und Roland einen Hochzeitstermin verkündeten.

Dazu kam es nicht. An einem 23. Dezember, als Fräulein Schneider seit Stunden damit beschäftigt war, ihre kleine Wohnung festlich zu schmücken, klingelte es, und zwei herumdrucksende Polizisten übermittelten ihr die Nachricht, dass ihr Verlobter bei einem Autounfall in der Nähe von Günzburg tödlich verunglückt sei. Auf der Rückfahrt von einer Geschäftsreise nach München, wo Roland mit einem Bauunternehmen zu verhandeln hatte, war er mit seinem Opel Kadett von der spiegelglatten Fahrbahn abgekommen und frontal gegen einen Baum geprallt. Blitzeis, sagten die Polizisten, ein Wort, das sie nicht kannte. Sie wiederholte es, schickte die beiden fort und überlegte, ob man als Verlobte eine Witwe war.

Roland war tot, einfach so, kurz vor Weihnachten. Bald darauf gab sie ihre Stelle in Herrenberg auf, hielt die mitleidigen Blicke nicht mehr aus. Und den Anblick von Rolands Büro, wo nach wenigen Wochen ein neues Namensschild hing, schon gar nicht. Sie wechselte in die größere Stadt, wo man froh war, eine engagierte, gut ausgebildete Buchhalterin einstellen zu können. Über Roland verlor sie kein Wort. Sie verlobte sich nie wieder, und sie heiratete nicht. Ab und zu ließ sie sich mit halben Herzen auf eine Affäre ein, das Körperliche machte seine Ansprüche geltend. Nie erwog sie, einen dieser Männer zu einem dauerhaften Partner zu machen.

Sie stilisierte Roland nicht, machte nicht mehr aus ihm, als er gewesen war, doch sie fand keinen, der seinen Platz hätte einnehmen können. In ihren blaublöden Stunden erlag sie gelegentlich der Versuchung, seine wenigen Briefe, die er ihr geschrieben hatte, zu lesen und sein Foto zu betrachten. Er blieb der Mann Anfang dreißig, während sie älter, faltiger und missmarpliger wurde.

Immerhin verdankte sie Roland zweierlei: ihre Furcht vor den Weihnachtstagen und ihre Tipp-Kick-Leidenschaft. Letztere entdeckten sie zufällig, als sie bei einer Einladung das aufgespannte grüne Tuch im Kinderzimmer sahen und sich gleichzeitig darauf stürzten. Roland hatte ihr einiges voraus, ungezählte Stunden in seiner Kindheit hatte er damit verbracht, damals, als der Ball noch aus Kork war. Fräulein Schneiders Mutter hatten die Worte gefehlt, als sie erfuhr, womit die beiden ihre Freizeit verbrachten. Selbst der Hinweis, dass es sich um ein schwäbisches, ein Schwenninger Produkt handelte, das nach der 1954er-Weltmeisterschaft in viele Haushalte eingezogen war, änderte daran nichts. Eine berufstätige Frau, die keine Kinder bekam und stattdessen mit Metallfiguren auf einen eckigen Ball eindrosch, das lag außerhalb der Vorstellungskraft ihrer Mutter.

Fräulein Schneider blieb dem Tischfußball treu. Anfangs mied sie, wie sie Konrad dargelegt hatte, Tipp-Kick, das verband sie zu sehr mit Roland. Schluchzend Fernschüsse zu platzieren, das lehnte sie ab, und das wäre ihren Gegnern nicht zuzumuten gewesen. Doch nach einer Weile merkte sie, dass sie das einfache Spiel auf wohltuende Weise an ihn erinnerte. Ein errungener Sieg, das war ein Sieg für ihn, und vielleicht wunderten sich ihre Kontrahenten manchmal, wenn ein erfolgreicher Flachschuss ein dezentes Lächeln in ihr Gesicht zauberte.

An ihrem neuen Wohnort antwortete sie auf eine Kleinanzeige im Käsblatt, in der eine Tipp-

Kick-Gruppe „Gleichgesinnte" suchte, obwohl sie sich generell schwertat, mit „Gleichgesinnten" etwas anzufangen. Einmal im Monat besuchte sie Versammlungen im Hinterzimmer eines rauchgeschwängerten Wirtshauses und staunte, was für Menschen da zusammenkamen. Ewige Junggesellen natürlich in karierten Hemden und Kordhosen, Fußballverrückte, die keine weiteren Interessen hatten, aber auch Studenten, die Spielvarianten stundenlang analysierten, und sogar ein Arzt, ein Orthopäde, der die Besuche vor seiner Frau verheimlichte. Tischfußball war eine Männerdomäne, doch unter den Tipp-Kick-Enthusiasten fanden sich immer wieder Frauen, wie jene Hebamme mit Dutt, die Torschüsse mit einem Zischlaut und Treffer mit einem „Bums, der saß!" untermalte.

Niemand schenkte Fräulein Schneider besondere Aufmerksamkeit. Sie hörte den Erläuterungen neuer technischer Entwicklungen gelangweilt zu und freute sich darauf, an einen der Spieltische zu wechseln. Sie trainierte zu Hause, wurde nicht müde, ihre Schusstechnik zu verfeinern, und galt in der Wirtshausgruppe zwar nicht als gefürchtete, aber doch respektierte Gegenspielerin. Als sie erfuhr, dass sich die ersten Vereine gründeten, nahm sie Kontakt zu einem Club in Hirschlanden auf und nutzte ein Wochenende, um als Zuschauerin an einem Turnier teilzunehmen.

Je länger sie den Akteuren zusah, die sich über das Feld beugten und für nichts anderes mehr ein

Auge hatten, desto klarer wurde ihr, dass sie keine Vereinsspielerin werden würde. Es widerstrebte ihr, an den Spielfiguren zu sägen und zu feilen, sodass sich die raffiniertesten Bogen- oder Scharfschüsse abfeuern ließen. Und sie wollte ihren Torwart, der so gemächlich wie eine Bahnschranke nach rechts oder links fiel, nicht manipulieren. Tipp-Kick, das blieb für Fräulein Schneider jener Pappkarton, den man im Kaufhaus erwarb oder geschenkt bekam, und an dieser Standardausstattung Änderungen vorzunehmen, lehnte sie ab. Mit dem klassischen Inventar freilich ging sie perfekt um.

Natürlich war es kein Zufall, dass sich Fräulein Schneider in der Weihnachtszeit, wenn die Firma Betriebsferien machte und sich die Einsamkeit mehlsackschwer auf ihre Schultern legte, intensiv um ihr Hobby kümmerte. Das Wort „Hobby" verwendete sie nie, und wer gar von einem „Steckenpferd" sprach, erntete nicht einmal ein müdes Lächeln von ihr. Was sie tat, tat sie mit allem Ernst – gleichgültig, ob sie Mahnungen aufsetzte oder versuchte einen Ball exakt auf die Strafraumlinie zu platzieren.

Hobby, das klang so, als ginge man einer Sache nur aus Spaß an der Freude nach, als ließe sich das nachlässiger als berufliche Aufgaben erledigen. Nein, damit fing Fräulein Schneider nichts an. Tischfußball war eine gewichtige Angelegenheit, und selbstverständlich versuchte sie in jedem

Spiel als Siegerin vom Platz zu gehen. „Hauptsache, dabei gewesen" – mit solchen Larifarisprüchen, solchem Quark durfte man ihr nicht kommen. Im Fußball verlor man oder gewann man, so war das nun mal. Schon ein Unentschieden hatte etwas Unbefriedigendes.

Mit zunehmendem Alter fiel es ihr schwerer, Mitspieler zu finden. Die Norwegerpullover- und Birkenstockträger im Wirtshausnebenzimmer waren mit ihr in die Jahre gekommen, und die Zahl der Neuankömmlinge hielt sich in Grenzen. Wenn die deutsche Nationalmannschaft gut spielte, nahm die Zahl der Tipp-Kick-Interessenten automatisch zu. Bei Blamagen wie der Niederlage in Córdoba 1978 ebbte der Zuspruch sofort ab. Wahrscheinlich merkten die das in Schwenningen sofort und drosselten prompt ihre Produktion.

Konrad, dachte Fräulein Schneider, als sie ihre „heure blöd" überstanden hatte, Konrad wird meine Rettung sein. Er würde den Anfang machen, und wenn die beklemmende Weihnachtszeit wieder näher rückte, dann wären sie bereit. Roland hätte das gefallen, da war sie sicher.

7

Was liest du denn da? Konrads Mutter wunderte sich, dass sich ihr Sohn auf den Balkon zurückzog und einer Beschäftigung nachging, die nicht zu seinen Lieblingsfreizeitaktivitäten gehörte. Für die Schule was, Kopien für Deutsch, murmelte er vor sich hin, erleichtert, dass sich seine Mutter mit dieser Antwort zufriedengab und sich wieder dem Wäscheständer zuwandte.

Zum dritten oder vierten Mal beugte er sich konzentriert über die Fotokopien, die ihm Fräulein Schneider mit auf den Weg gegeben hatte. Zwei Blätter, versehen mit einer Überschrift, die sie wohl selbst handschriftlich hinzugefügt hatte: „Die Regeln des Spiels – gestern und heute (bitte einprägen!)". Schon mit der ersten Kopie hatte er zu kämpfen. Sie gehörte offenbar zu einer amtlichen Verfügung, die das Datum vom 5. Januar 1924 trug, und bescheinigte einem Karl Mayer aus Stuttgart das Patent für ein Tischfußballspiel. Was ein Patent war, wusste er, seitdem sein Vater beim Abendbrot einmal erzählt hatte, wie es seiner Firma gelungen war, ein solches für eine technische Neuerung zu erlangen, die finanziell einiges eingebracht hätte. Worum es dabei ging, hatte Konrad eine Wurstbrotscheibe später vergessen.

Dieser Herr Mayer schien damals einen „Patent-Anspruch" erhalten zu haben, dessen Formulierung Konrad Wort für Wort studierte. Es handelte sich um ein „Fußballbrettspiel, dadurch gekennzeichnet, dass Aufstellfiguren durch deren Füße in bekannter Weise Stoßbewegungen ausgeführt werden, ein mit mehreren Abflachungen von verschiedener Farbe versehener Ball etwa in der Gestalt des bekannten Würfels zugeordnet ist".

Das war kompliziert. Erfinder zu sein, ein schöner Beruf, dachte Konrad, wie Daniel Düsentrieb. Dieser Mann aus Stuttgart verbrachte seine Zeit damit, sich Brettspiele auszudenken, solche, die es ewig gab, und er verdiente Geld damit. Keine schlechte Sache.

Gut, dass Fräulein Schneider den geschichtlichen Teil nicht weiter ausgedehnt und sich darauf beschränkt hatte, ihrem neuen Schüler vor allem die aktuellen Spielregeln ans Herz zu legen. Die begriff Konrad sofort, fremd war ihm das Spiel ja nicht, und er beschäftigte sich vor allem mit den Stellen, die Fräulein Schneider mit einem Ausrufezeichen markiert hatte. Dass der Torwart den Ball „unabhängig von der Farbe innerhalb seines Strafraums" spielen, der Abwehrspieler bei einem Schuss des Gegners sich „maximal bis auf die eigene Strafraumbegrenzung" zurückziehen dürfe und „mindestens zwei Spielerlängen Abstand vom Ball" zu wahren habe – das alles kapierte er leicht. Selbst Frei- und Strafstöße waren vorgesehen, sogar Spielabbrüche, die beim richtigen Bundesligafußball selten vorkamen.

Konrad biss sich auf die Unterlippe und prägte sich die Sätze ein. Fräulein Schneider würde ihn abfragen, und sich vor ihr zu blamieren wäre schlimmer, als beim Diktat eine schlechte Note einzufahren. Einmal träumte er von ihr, sah sie mit erhobenen Zeigefinger auf sich zukommen. Ob aus einem Strafstoß ein Eigentor erzielt werden könnte, wollte sie wissen und wiederholte diese Frage in anschwellender Lautstärke, bis er von ihrem wütenden Gebrüll erwachte und mitten in der Nacht nach den Kopien aus dem Regelheft griff.

Es dauerte nicht lange, bis der Anruf kam, dem Konrad insgeheim entgegengefiebert hatte. Kopfschüttelnd vermeldete seine Mutter, dass Fräulein Schneider gefragt habe, ob der Junge ihr zur Hand gehen könne. Beim Aussteigen aus dem Bus – „saublöder Bus" habe sie wörtlich gesagt – sei ihr Fuß umgeknickt, und nun tue sie sich schwer, ihre Wocheneinkäufe zu erledigen. Konrad als Begleiter und Korbträger wäre da eine tolle Hilfe, natürlich gegen eine Erhöhung seines Taschengeldes. Das, sagte Konrads Mutter zum Ärger ihres Sohnes, habe sie natürlich zurückgewiesen. Wo wir älteren Menschen helfen können, tun wir das gerne, liebes Fräulein Schneider. Freitagnachmittag wäre kein Problem.

Konrad ahnte, dass die Sache mit dem umgeknickten Fuß vielleicht nicht ganz der Wahrheit entsprach, und tat so, als wäre er wenig begeistert davon, ohne Taschengeldaufbesserung sich im Lebensmittelladen die Beine in den Bauch zu stehen. Mach kein Gesicht, wenn du mal alt bist, dann freust du dich über hilfsbereite Kinder aus der Nachbarschaft, beschied seine Mutter und widmete sich wieder dem Besteckkasten, dessen Silberzeug sie mit einer schmierigen Paste und einem weichen Tuch reinigte.

Fortan stattete Konrad Fräulein Schneider jeden Freitag einen Besuch ab. Verknackster Fuß, beim Einkaufen helfen – von wegen, rief sie ihm schon im Treppenhaus zu. Noch bin ich keine tattrige Alte, die es nicht mehr schafft, aus dem Bus zu steigen. Und das mit den Einkäufen kannst du vergessen, die hab ich längst erledigt, gestern natürlich. Nur Verrückte gehen freitags einkaufen, wenn an der Wursttheke maulende Rentner um die Wette Schlange stehen. Für so was haben wir keine Zeit. Deiner Mutter erzählst du irgendwas, wie artig du das Gemüse in mein Einkaufsnetz gesteckt und die schweren Sprudelflaschen geschleppt hast, verstanden?

Konrad nickte, hoffte, dass seine Mutter ihm nur mit halbem Ohr zuhören und seine Notlügen übergehen würde. Fräulein Schneider ließ keine Missverständnisse aufkommen: Die kommenden Freitage würden Tipp-Kick-Freitage werden, Stunden harten Trainings und erster Punktspiele, bei denen es nichts zu verschenken gab.

Von Smalltalk hielt Fräulein Schneiders nichts und an diesen Freitagen gar nichts. Sobald er seine Schuhe ausgezogen hatte – was er tat, obwohl sie darauf mit einem „Was soll das?" reagierte –, reichte sie ihm einen Keks aus einer Prinzenrolle, die nicht den frischesten Eindruck machte, und ein Glas Sprudel: „Wenn du gewinnst, gibt's eine Cola!" Auf dem Tisch am Fenster war alles vorbereitet: das grüne Filztuch, die eingehakten Tore, der rotgelbe Ball, die Torhüter und die beiden Metallspieler mit ihren Schussfüßen, die nach Taten lechzten. Lass uns gleich loslegen, mit diesem Satz fing jeder ihrer Nachmittage an. Gut zwei Stunden wären sie sicher beschäftigt, hatte Fräulein Schneider Konrads Mutter angekündigt, bis alles hochgetragen ist und der Junge seine Schokolade getrunken hat, das dauert seine Zeit.

In der ersten Stunde stand hartes Training auf dem Programm. Die Regeln beherrschte Konrad aus dem Effeff, doch nun galt es, die Theorie in die Praxis umzusetzen. Er müsse ein Gefühl für den Spieler bekommen, jedes Fingerschnipsen sei eine Gewöhnungssache, und so wenig wie möglich dürfe er dem Zufall überlassen. Wie im richtigen Fußball sei das, Sonntagsschüsse gebe es auch beim Tipp-Kick, doch das Entscheidende sei, dass er mit seinem Spieler verschmelze und er genau wisse, wie er das eckige Ding zu treffen habe. In Fleisch und Blut habe alles überzugehen.

So übten sie mindestens zwanzig Minuten alle erdenklichen Varianten: harte Flachschüsse, halbhohe Bälle, die den Torwinkel anvisierten, und dann die entscheidenden Lupfer, Schüsse, die die Kurve einer tückischen Bogenlampe beschrieben und sich mit Effet über den gegnerischen Abwehrspieler ins Tor senkten. Ein Glück, merkte Fräulein Schneider an, dass ich mir damals gleich Tore mit einem richtigen Stoffnetz gekauft habe. Anfangs waren die aus hartem Plastik. Stell dir den Streit bei scharfen Schüssen vor, wenn der Ball wie eine Kanonenkugel gleich wieder zurückspringt. Tor oder kein Tor? Darüber lässt sich ewig streiten, und Fernsehkameras als Beweismittel sind beim Tischfußball selten anzutreffen.

Fräulein Schneider variierte die Position ihres Abwehrspielers ständig. Mal zog sie ihn bis an die Strafraumlinie zurück, mal rückte sie bis auf die erlaubten zwei Kickerlängen an Konrads Schützen heran, und ab und zu verzichtete sie ganz auf ihn, um Konrad nervös zu machen. Einwürfe und Eckstöße wurden eingeübt – und natürlich das geschickte Vordringen in den Strafraum. Sobald der Ball dessen Linie berührte, hatte der Abwehrspieler nichts mehr zu melden. Stell dir vor, du wärst Frank Mill oder Manfred Burgsmüller in ihren besten Tagen, und du überlistest den Keeper mit einer Aktion, die er nicht erwartet!

Keeper? Ja, Keeper. Fräulein Schneider bevorzugte englisches Vokabular, sprach von einem

Dropkick und von Volleyschüssen und lobte ihren Keeper für eine herrliche Robinsonade. Als sie das Wort fallen ließ, bemerkte sie Konrads mal wieder verständnislosen Blick. Nein, Robinsonade hat nichts mit Robinson Crusoe, diesem gestrandeten Inselmenschen, zu tun, sondern mit Jack Robinson, einem englischen Nationalkeeper, der schon lange tot ist. Der spielte für Derby County und Southampton, wo man ihn feierte, weil er die Schüsse mit tollkühnen Hechtsprüngen abwehrte. Die wurden dann Robinsonaden genannt, ein Ausdruck, den leider kaum noch einer verwendet. Frag mal deinen Vater, ob er damit was anfangen kann.

Auf die Leistungen des Keepers und die Robinsonaden kamen sie vor Ostern zurück, als Fräulein Schneiders mehrere Wochen lang eine „Torwartschulung" abhielt. Viel schien sie von den Tipp-Kick-Torstehern nicht zu halten, deren Leistung vom Knopfdruck auf einem Kästchen hinter dem Tor abhing. Inzwischen, so lobte Fräulein Schneider Karl Mayers Nachfahren, hatte man das Modell weiterentwickelt, sodass der Keeper auch Vorwärtsparaden hinlegen konnte.

In das Bedienungskästchen für den Torwart war ein winziges Loch eingelassen, über dem – auf Englisch zu Fräulein Schneiders Freude – das Wort „Oil" stand. Alle paar Wochen holte sie ein Maschinenölfläschchen und versenkte ein, zwei Tropfen in der Öffnung. Zur Not kannst du auch Livio oder

Mazola nehmen. Letzteres klingt gut, hat aber nichts – ich will unsere Zeit nicht mit Plappern verschwenden, aber das ist wichtig – mit Valentino und Sandro Mazzola zu tun, den großartigen italienischen Spielern von früher, die du sicher nicht kennst. Konrad nickte und verkniff es sich, mit seinen *Kicker-Almanach*-Kenntnissen aufzutrumpfen. Denn von Sandro Mazzola, Gianni Rivera, Luigi Riva und Giacinto Facchetti hatte er sehr wohl gehört, wenngleich deren Namen schwer auszusprechen waren.

Konrad kam bei ihren Trainingseinheiten gehörig ins Schwitzen. Keine Sekunde durfte seine Konzentration nachlassen, und manchmal war er froh, wenn ein missglückter Schuss weit über die Tischfläche segelte und irgendwo in einem Eck landete. Bis Fräulein Schneider auf allen Vieren das Objekt aufgespürt hatte, vergingen wertvolle Sekunden, die er zum Verschnaufen nutzte.

Die zweite Stunde ihrer Freitagnachmittage gehörte den Spielen, den Wettkämpfen, bei denen es um die Wurst ging. Zweimal fünf Minuten musste Konrad sein Bestes und sein Letztes geben, um gegen Fräulein Schneiders Angriffslust zu bestehen. Mit einem Küchenwecker wurde die Spielzeit gestoppt, und Verzögerungen würden, so Fräulein Schneider, die das Amt des Schiedsrichters gleich mit übernahm, erbarmungslos nachgespielt. So ein Match sei kein Schleckhafen, und wenn Konrad darauf spekuliere, dass sie, bloß weil er ein Kind sei, mit halber Kraft spiele, habe er sich geschnitten.

Und so war es: Fräulein Schneider ging voll zur Sache und begleitete jede ihrer Aktionen mit Stöhn-, Protest- oder Jubellauten. Sie kniff die Augen zusammen und beugte ihren massigen Oberkörper über das Filztuch, bis sich ein Schatten darüber legte. Den Ball einen Effet mit auf den Weg zu geben, ihn anzuschneiden, das verstand sie prächtig, und wann immer es Konrad gelang, einen Ball in ihrem Tor unterzubringen, schimpfte sie wie ein Rohrspatz und zweifelte die Rechtmäßigkeit des Treffers an.

In den ersten Wochen blieb Konrad chancenlos. 0:5 oder 1:7 lauteten die kläglichen Ergebnissen, die von Fräulein Schneiders zufriedenem Grunzen begleitet wurden. Sie klatschte bei gelungenen Schüssen in die Hände und ließ es sich bei Spielschluss nicht nehmen, mit einer Art Indianergeheul um den Tisch zu tanzen und Konrads Chancenlosigkeit zu betonen. Nachzuhelfen und ihrem tapferen Gegner wenigstens einen Ehrentreffer zu ermöglichen kam für sie nicht in Frage – wahrscheinlich weil sie wusste, dass sich, je länger sie Konrad trainierte, der Wind irgendwann drehen und sie ihrem Alter Tribut zollen würde.

Zu Ostern wünschte sich Konrad ein Tipp-Kick-Set, damit er auch an den Nicht-Freitagen seine Fertigkeiten schulen konnte. Zum Glück fand er in seinem Freund Oskar einen geduldigen Partner, der nicht müde wurde, Batterien von Hebern und Aufsetzern zu parieren. Konrads Eltern hatten gegen ein solches Geschenk nichts einzuwenden, wunderten sich allenfalls, mit welcher Hingabe sich ihr ansonsten so zurückhaltender Sohn dieser Beschäftigung zuwandte. Gelegentlich wagte sich Konrads Vater an den Spieltisch und sah nach wenigen Spielzügen ein, dass er nicht den Hauch einer Chance besaß. Sein Sohn schlenzte den Ball nach Belieben über seinen Abwehrspieler hinweg, und je hektischer er die Torhüterknöpfe betätigte, desto häufiger hatte er das Nachsehen. Nach zwei, drei Niederlagen, die er sich mühsam beherrschend hinnahm, brach er das Spiel ab und gab vor, etwas erledigen zu müssen. Bei diesem primitiven Tipp-Kick-Gebolze könne er sein Geschick gar nicht zur Geltung bringen, das sei nichts für Könner.

Dass er nun zu Hause Zusatzschichten schob, erwähnte er gegenüber Fräulein Schneider nicht. Er bemerkte ihren häufiger ins Verbissene wechselnden Gesichtsausdruck mit Genugtuung und genoss es, wenn sie zu kämpfen hatte, ihn in Schach zu halten. Locker herausgespielte Siege gelangen ihr nur noch selten, und wenn sich der Schweiß an ihrem weißen Rüschenkragen sammelte, wusste Konrad, dass sich sein reges häusliches Training auszuzahlen begann. Vor allem seinen Torhüter hatte er auf Vordermann gebracht, er vermied es, ihn sinnlos nach links oder rechts hechten zu lassen, sondern ließ ihn meist in aufrechter Position agieren, sodass er besser in der Lage war, selbst die gemeinsten von Fräulein Schneiders Lupfern abzuwehren.

Am Freitag nach Himmelfahrt war es so weit. Schon im ersten Spiel begann Fräulein Schneider zu schwächeln, und es schien Konrad so, als würde sie sich, um ihre 3:2-Führung ins Ziel zu bringen, bei Eck- und Abstößen ungewohnt viel Zeit lassen, ja, als sei sie darauf aus, das Spiel unauffällig zu verzögern. Ihre Blicke, die immer öfter dem Küchenwecker galten, hatten Flehendes an sich. Im zweiten Match freilich nutzte selbst das nichts mehr. Konrad änderte seine Taktik und quälte seine Gegnerin – damit brachte er seinen Freund Oskar regelmäßig zur Verzweiflung – mit raffinierten Aufsetzern, die im Strafraum auf tückische Weise ihre Richtung veränderten und den Schneider'schen Keeper überraschten.

Konrads Gegnerin wehrte sich nach Kräften. Sie versuchte sich mit Schüssen, die wie an der Schnur gezogen, neben dem Pfosten einschlagen sollten, sie drängte in den Strafraum, und als all diese redlichen Versuche nicht fruchteten, verlor sie die Beherrschung und stieß Konrads Spieler rüde beiseite. Über diese Unsportlichkeit schien sie sich selbst zu wundern, fassungslos sah sie auf den Gefoulten, dessen Schussbein nachwippte. Konrad traute sich nicht, seinem Spieler aufzuhelfen. Er kannte inzwischen die Regeln in- und auswendig und wusste genau, welche Konsequenz diese Tat nach sich zog. „Im Affekt begangen", so hieß das in den Fernsehreportagen, doch das änderte nichts am Strafmaß.

Fräulein Schneiders Atem ging schwer und ungleichmäßig. Sie stand da wie eine in den Regen geratene Konfirmandin, wie Miss Marple, wenn sie damit konfrontiert wurde, dass die dämlichen Kommissare von Scotland Yard ihr einen Schritt voraus waren. Es kostete sie alle Überwindung, ein kaum vernehmbares „Strafstoß für dich, mach schon" hören zu lassen – eine Gelegenheit, die sich Konrad, ohne eine Miene zu verziehen, nicht nehmen ließ. Er schoss zum 2:0 ein. Und obwohl es dem sich wütend aufbäumenden Fräulein Schneider noch gelang, den Rückstand zu verkürzen, beendete das Schnarren des Weckers ihre letzten Hoffnungen. Sie hatte verloren, zum ersten Mal gegen ihren Zögling verloren, sprach eine Minute lang kein Wort und blickte auf das Filztuch, als ließen sich Konrads Treffer im Nachhinein annullieren. Da das nicht geschah, sah sie endlich auf und gratulierte Konrad mit einem altmodischen Handschlag, der sich wie ein Ritterschlag anfühlte. Nicht schlecht gespielt, Junge, obwohl das Filztuch auf meiner Seite irgendwie nicht richtig auflag heute, ein Nachteil für mich, keine Frage ...

Von Woche zu Woche perfektionierten die beiden ihr Spiel und feilten an ihrer Taktik. Fräulein Schneider, durch die überraschende Niederlage bei ihrer Ehre gepackt, verdoppelte ihre Anstrengungen. Kurz vor Konrads Eintreffen nahm sie zwei Plättchen Traubenzucker zu sich, Dextro Energen, ganz wie in ihrer Jugend, als sie sich als damals gertenschlanke Leichtathletin nicht nur bei Schulmeisterschaften hervorgetan hatte. Vor jedem 400-Meter-Lauf hatte sie Traubenzucker zu sich genommen und ihre durchtrainierten Oberschenkel mit Franzbranntwein eingerieben. Welche leistungsfördernden Wirkungen diese Hilfsmittel besaßen, ließ sich schwer sagen. Auf den Glauben kam es an, ohne Dextro Energen hätte sie sich als junges Mädchen auf jeden Fall ungern auf die Aschenbahn gewagt, und im fortgeschrittenen Alter vertraute sie nun wieder den Trauberzuckertäfelchen, fühlte sich so gewappneter, um mit Konrads unangenehmen Schüssen zurande zu kommen und nicht schlappzumachen.

Zwischen ihren Trainingseinheiten fanden sie Zeit, sich Spezialthemen zuzuwenden, der Mathematik und Physik zum Beispiel. Dieser eckige Tipp-Kick-Ball, ein Kuboktaeder, wie Konrad gelernt hatte, falle mal auf eine Dreiecks- und mal auf eine Quadratseite. Das lasse sich über komplizierte Wahrscheinlichkeitsrechnungen, die selbst für eine versierte Buchhalterin eine Herausforderung darstellten, vorhersagen, eigentlich. Doch in der

Fachliteratur sei nachzulesen, dass der Flächenanteil der Dreiecke nicht dem Prozentsatz entspreche, der herauskomme, wenn man untersuche, wie oft der Ball auf einem Dreieck und wie oft auf einem Quadrat lande. Entscheidend ist auf dem Platz, das hat mal ein bekannter Trainer gesagt, und recht hatte er, Konrad!

Das alles, so resümierte Fräulein Schneider, müsse Konrad nicht belasten, damit könne er später vielleicht seinen Physiklehrer beeindrucken oder quälen. Interessanter und folgenreicher sei die Frage, ob es Einflussmöglichkeiten darauf gebe, welcher Farbe der Ball im Spiel zuneige. So verbrachten sie mehrere Nachmittage damit, den Ball aus unterschiedlichen Ruhepositionen zu kicken, mal war gelb, mal rot obenauf. Kam man zu anderen Ergebnissen, wenn der Ball mit der Pike getreten oder zart geschlenzt wurde? An möglichen Kombinationen mangelte es nicht, und letzten Endes mussten sie einräumen, dass ein gewünschtes Farbresultat nicht einfach herbeizuführen war.

Kurz vor den Sommerferien, die für beide einen schweren Einschnitt bedeuteten, verkündete Fräulein Schneider – und gab eigens eine Runde Spezi mit Erdnussflips aus –, dass die Zeit gekommen sei, große Pläne umzusetzen. Bis Weihnachten seien es schließlich nur noch wenige Monate, weshalb man nun alles in die Wege leiten müsse. Konrad erwiderte nichts, war sich nicht sicher, was ihre Tischfußballtrainingslager mit der Geburt des lieben Christkindes zu tun hatten, doch da ihm alles, was sich um Weihnachten drehte, gefiel, vertraute er Fräulein Schneider und fragte nicht nach.

Dass Konrad mit seiner Familie gleich für drei Wochen in die Ferien fuhr – irgendwo in eine Pension hinter Salzburg –, missfiel ihr. Er möge seine Spielfiguren gefälligst mitnehmen, und jeden Tag ein, zwei Trainingseinheiten einlegen, mit seinem Vater oder irgendeinem Almbauernbub. Als Konrad zudem erwähnte, dass er im Urlaub so viel Pommes frites bekäme wie sonst im ganzen Jahr, sparte sie nicht mit Ratschlägen, wie er auf sein Körpergewicht zu achten habe. Auch beim Tipp-Kick komme es auf eine gute Kondition an, und jedes Kilo zu viel könne sich in der Schlussphase eines Spiels negativ auswirken.

An sich selbst schien sie dabei weniger zu denken. Erst als sie bemerkte, wie Konrads Blick über ihre nicht vorhandene Taille strich, hielt sie inne und fügte an, dass sie sich selbst in den Sommermonaten mit Trennkost ernähren und auf üppige Spätzleportionen verzichten würde. Im Herbst werde sie dann wieder mit dem Treppenjogging beginnen, sodass sie zu Weihnachten vielleicht nicht ihr ideales, aber doch ein annehmbares Kampfgewicht aufwiese.

Ihren eigenen kleinen Sommerurlaub legte Fräulein Schneider so, dass er sich mit Konrads

Abwesenheit überschnitt. Eine Woche verbrachte sie, wie es sich gehörte, auf der Schwäbischen Alb, wo sie Bären-, Nebel- und Olgahöhle besuchte und sich dabei eine Erkältung zuzog – Orte samt und sonders, deren geheimnisvolle Schönheiten sie im Heimatkundeunterricht ihrer Schulzeit kennengelernt hatte. Danach fuhr sie mit ihrem Käfer Richtung Elsass, wo sie sich ein paar Kirchen – zu viele davon verkraftete sie nicht – ansah und an mindestens zwei Abenden bei Choucroute und Coq au Riesling ihre Trennkostvorsätze über Bord warf. Gab es nicht sogar in der Bundesliga übergewichtige Spieler, die Topleistungen brachten? Für Karotten- und Sellerieschnitze blieb nach den Ferien genug Zeit, dann, wenn sie mit Konrad das Weihnachtsspektakel vorbereiten würde!

8

Nach den Ferien, aus denen Konrad in körperlichem und geistigem Bestzustand zurückkehrte, ging alles ruckzuck. Sie dehnten ihre Freitagnachmittage auf drei Stunden aus, was Konrads Mutter kaum registrierte. Ab und zu brach ihre Neugier durch, und sie erkundigte sich, was das Fräulein Schneider diesmal Schönes fürs Wochenende eingekauft habe. Konrad traf diese Frage nicht unvorbereitet, er variierte den Einkaufszettel im Vorhinein und erzählte ausschweifend davon, dass er mal eine Packung Mon Chéri oder After Eight, mal einen Limburger Käse, ein Weichspülmittel oder ein Glas Silberzwiebeln zu schleppen hatte. Lediglich die Flasche Himbeergeist, die zu erfinden er sich hätte sparen können, ließ Konrads Mutter stutzen und beiläufig danach fragen, was er bei Fräulein Schneider so zu trinken bekomme.

An einem Nachmittag, es muss Anfang September gewesen sein, fand Konrad ein verändertes Wohn- beziehungsweise Spielzimmer vor. Kein grünes Filztuch weit und breit, stattdessen auf dem Tisch ausgebreitete weiße Blätter mit krakeligen Überschriften wie „Termine", „Spielplan" und „Werbemaßnahmen". Und darauf ein silberner Bilderrahmen, den Fräulein Schneider an sich nahm, als sie Konrad bat, sich aufs Sofa zu setzen und ihr zuzuhören.

Heute geht es los, lieber Konrad, fing sie an, in einem Tonfall, der viel weicher klang, als wenn sie über vergebene Hundertprozentige lamentierte. Ich bin froh, dass du in den letzten Monaten bei mir warst, und weiß gar nicht mehr, was ich früher an den Freitagnachmittagen gemacht habe. Vermutlich war ich einkaufen ... Sie lachte scheppernd, als befände sie sich noch im Firmengebäude und kommentierte die Arbeitsmoral ihrer Kollegen. Wir werden an Weihnachten etwas auf die Beine stellen, was unsere Stadt noch nicht gesehen hat. Und warum gerade dann, das werde ich dir gleich erklären. Als bald Zwölfjähriger bist du klug genug zu verstehen, was mich bewegt und warum mir das alles so wichtig ist.

Sie deutete auf den Bilderrahmen, auf das Bild ihres Verlobten, der vor bald vierzig Jahren zu Tode gekommen war. Ein schwarzes Band spannte sich über eine Ecke des Fotos, ein Trauersymbol, das Konrad kannte, nach dem Tod von Onkel Richard aus Speldorf hatte Mutter sein Foto mit einem solchen Band auf die Anrichte gestellt. Fräulein Schneider erklärte in ruhigen Worten, was sich damals, an einem 23. Dezember, ereignet hatte. Sie weinte nicht, doch die langen Pausen, die sie zwischen ihren Sätzen machte, verrieten Konrad, dass er am besten keinen Mucks von sich gab.

Weißt du, Konrad, ich stelle mir bis heute vor, wie es gewesen wäre, Roland all die Jahre an meiner Seite zu haben. Hätte ich Kinder bekommen, wäre ich berufstätig geblieben? Sei über jeden Tag froh, den du mit deinen Eltern und deiner Schwester hast, von heute auf morgen kann alles vorbei sein. Was an Schrecklichem passiert, können wir nicht verhindern, aber wir können versuchen, das Schreckliche nicht über uns herrschen zu lassen. Ich habe lange um Roland geweint, sehr lange, einen anderen Mann wollte ich danach nicht mehr haben, wenigstens nicht auf Dauer. Und was wichtig ist, Konrad: Ich habe nicht aufgehört zu leben, auch wenn es nicht einfach ist, als alleinstehende Frau Paaren und Familien zuzusehen, die sich vor Glück kaum auf den Beinen halten können. Vielleicht finde ich, wenn ich demnächst die siebzig überschritten habe, meinen Mr Stringer. Wie diese Miss Marple, von der du sicher gehört hast. Eine gemeinsame Wohnung mit einem Stringer oder Schäfer käme allerdings nicht in Frage, das fehlte noch.

Konrad nickte, obwohl er gar keinen Herrn Schäfer kannte, und sah Fräulein Schneider zu, wie sie energisch aufstand und den Bilderrahmen beiseitelegte. Ich denke oft zurück, und wenn es um Roland geht, ist da eine große Trauer, immer noch, und doch bin ich keine Zurückgebliebene, Gestrige. Mit allem komme ich zurecht, nur nicht mit Weihnachten. Wenn der dritte Advent vorbei ist, wird mir mulmig, bekomme ich Angst, vor diesem 23. Dezember und den Tagen danach. Ein paar Jahre lang bin ich geflüchtet und kurz davor in ein Flugzeug gestiegen. Weihnachten auf Fuerteventura oder Gomera, bei über zwanzig Grad im Schatten, mit läppischen Kunsttannen und gierigen Frühstücksbüfettinvasoren – ekelhaft war das, aber für mich die einzige Möglichkeit, dieser Weihnachtsbeklemmung zu entkommen. Bis ich gemerkt habe, dass ich mich selbst betrüge. Und deshalb ist jetzt Schluss, ab diesem Jahr wird alles anders, und du bist mein Retter!

Fräulein Schneider griff nach den weißen Blättern und begann sie mit dickem Filzstift zu traktieren. Schon nach wenigen Sekunden klangen Konrads Ohren, die Wörter prasselten auf ihn nieder. Turnier … Gruppenspiele … K.-o.-Runde … Gemeindehaus … Pfarrer Allgöwer … Käsblatt … Werbebanner … Benefiz … Pokal … es hörte nicht auf, und als Fräulein Schneider innehielt und voller Bewunderung auf ihre mit Blockbuchstaben überzogenen Blätter blickte, begriff er allmählich, was sie ausgeheckt hatte – ein Weihnachtstippkickturnier, das ihr keine Zeit lassen würde, wie ein Trauerkloß vor sich hin zu starren und das Ende der Feiertage herbeizusehnen.

Die nächsten Wochen vergingen wie nichts. Konrad erledigte seine Hausaufgaben im Handumdrehen und verabschiedete sich danach von seiner Mutter, als ginge es um jede Sekunde. Auf das übliche Wohin-gehst-du-und-um-sechs-bist-du-spätestens-wieder-zurück seiner Mutter antwortete er wohl oder übel konkreter als in den Monaten zuvor. Fräulein Schneider plane eine Weihnachtsaktion, ja, zusammen mit dem Pfarrer, mit Geldspenden, Brot für Afrika, wenn er es richtig verstanden habe, und er solle mithelfen, fast jeden Tag werde er gebraucht. Seine Mutter lächelte und fuhr ihm über den Kopf, nicht ohne anzumerken, dass sich seine Haare unbedingt mal wieder mit dem Shampoo verabreden müssten. Dass ihr Sohn sich plötzlich sozial engagierte, machte sie glücklich, und wenn er beschäftigt war, stand er ihr nicht im Weg herum – eine rundum nützliche Sache also.

Nach und nach spitzten sich die Dinge zu. Vom Nikolaustag an sollte es ein Weihnachtstippkickturnier geben, mit Kindern in Konrads Alter und Erwachsenen, darunter Prominente, die sich, wenn es um einen guten Zweck ginge, sicher nicht lumpen ließen. Vierundzwanzig Teilnehmer sollten es sein, die erst in Gruppenspielen und dann in K.-o.-Runden einen Weihnachtschampion ermitteln würden, wie bei einer Weltmeisterschaft quasi. Die Halbfinale würden am 23. Dezember stattfinden, und da über die Feiertage – man war ja nicht in England – der Ball zu ruhen hatte, würde man das Finale am Silvesternachmittag ausspielen. Fräulein Schneider und Konrad wären die Veranstalter, zusammen mit Pfarrer Allgöwer, einem rührigen Witwer, der für seine sehr langen Predigten berüchtigt und für seine Fußballvergangenheit berühmt war. In seiner Jugend habe er für den FC Donzdorf gespielt, als Linksaußen, und selbst im kirchlichen Dienst ließ er es sich nicht nehmen, bei Wohltätigkeitsspielen aufzulaufen. „Samstags in der Kabine, sonntags auf der Kanzel", titelte eine Boulevardzeitung, und Pfarrer Allgöwer verpasste, was ihm die Missgunst von Kollegen, die nie in der Presse vorkamen, einbrachte, keine Gelegenheit, sich als „Gottes bester Stürmer" feiern zu lassen.

Keine Frage, dass er Fräulein Schneiders Bitten erlag und das Gemeindehaus kostenlos zur Verfügung stellte. In ihrer Wohnung könne ein so großes Turnier ja nicht stattfinden. Bei der Organisation lasse sich die Sekretärin Frau Buchwald einspannen, deren Mann als Jugendtrainer beim Verein für Rasenspiele fungierte und Kontakte zu Ehemaligen hatte, aus der glorreichen Zeit, als der Club in höheren Spielklassen zu Hause war.

Konrad arbeitete Frau Buchwald zu, die sich freute, eine neue Aufgabe anpacken zu dürfen. Sich um die Zustellung des Evangelischen Gemeindeblatts kümmern, die Bibel- und Singkreise organisieren, das tat sie gern, keine Frage, doch der frische Wind, den Fräulein Schneider mit einem Mal ins schläfrige Gemeindehaus brachte, gefiel ihr ausgezeichnet. Einmal die Woche trafen sie sich zu Sitzungen – Meetings, hieß das neuerdings –, beratschlagten, was zu tun war und wer sich welcher Aufgaben anzunehmen hatte. Die Kontakte, die die Mitglieder des Kirchengemeinderates herstellten, waren hilfreich, wenngleich hinter vorgehaltener Hand der eine oder andere skeptisch blieb, ob so ein Turnier in die Vorweihnachtszeit passe. Dass der Pfarrer selbst nicht zu bremsen war und einiges an Spenden zusammenkommen würde, ließ die Zweifler nach und nach verstummen.

Das Fußballfieber hatte die Gemeinde endgültig erfasst, und als Fräulein Schneider beherzt einen ihrer alten Geschäftsführer ansprach, trat ein Spielwarengeschäft in der Fleiner Straße auf den Plan, das ein Dutzend Tipp-Kick-Profisets spendierte. Frau Buchwald und Konrad kümmerten sich um die Tische, auf die die Filzspielfelder aufgespannt wurden. Der Vizepräsident des Tischfußballclubs in Hirschlanden stand einen Nachmittag lang mit Rat und Tat zur Seite, und selbst Konrads Vater sah sich plötzlich involviert. Für ihn, so erläuterte ihm Fräulein Schneider am Telefon mit Nachdruck, sei es doch ein Leichtes, seine Verbindungen spielen zu lassen und einen befreundeten Getränkehändler davon zu überzeugen, einen Schwung Sprudel- und Limokisten auszugeben. Selbstverständlich werde er als Werbepartner an prominenter Stelle genannt.

Obwohl Fräulein Schneider jeden über ihre Schritte und Maßnahmen informierte, gelang es nicht allen, ihrem Tempo zu folgen. Selbst Pfarrer Allgöwer erstarrte eines Morgens vor dem Gemeindehaus und traute seinen Augen nicht: Waren da wirklich Handwerker zugange, die auf ein Rollgerüst kletterten und ein riesiges Stoffbanner an der breiten Front des Hauses befestigten? Stück für Stück rollten sie es auf, sodass er die Lettern allmählich entziffern konnten: *Gemeinsam feiern, gemeinsam spielen, gemeinsam Hoffnung verbreiten, gemeinsam Tore schießen – das XL-Weihnachtsfußballturnier (6. bis 31. Dezember)*. Ein Slogan, der, kein Zweifel, auf Fräulein Schneiders Mist gewachsen war und gegen den er im Prinzip nichts einzuwenden hatte. Er stand versonnen davor, als Hausmeister Roleder, sein Übergewicht vergessend, prustend auf ihn zulief und sich lautstark beschwerte: „Hen Sie des erlaubt, die Sauerei da?"

Allgöwer lächelte den aufgebrachten Mann an, sah, wie ihm Schweißperlen von der rot angelaufenen Stirn tropften, und tätschelte seinen Arm: „Mein lieber Roleder, meinen Sie, hier geschieht irgendwas ohne meine Zustimmung? Die Handwerker werden mit größter Sorgfalt vorgehen. Marketing nennt man das. Hätten Sie vielleicht selbst Lust, an unserem Turnier teilzunehmen?" Der Zorn des Hausmeisters, der sich dem Fußballgeschehen ausschließlich als Fernsehzuschauer widmete, fiel in sich zusammen wie ein zu hastig aus dem Ofen gezogenes Soufflé. Mit seinen wurstigen Fingern auf einem dieser dürren Kickmännchen herumzudrücken, das überforderte ihn, und wenn er gegen diesen Konrad, der plötzlich im Gemeindehaus ein- und ausging, verlieren würde, dann wäre es um seine Autorität als Hausmeister geschehen.

„Noi, noi, Herr Pfarrer, i hen mir in der Badwann de Mittelfinger verschtaucht, aber zuschaue, des tät i scho ...“, stammelte er verlegen, und es bestand kein Zweifel, dass er das meiste von dem, was ihm durch den Kopf ging, nicht kundtun wollte. Erst am Abend, nach der zweiten Flasche Dinkelacker, würde er seiner Frau bis ins Detail erklären, was er vom Pfarrer, der nicht mehr bei Trost sei, und von diesem Fräulein Dingsbums, die sich aufspiele, als sei sie Franz Beckenbauer persönlich, halte.

So schaffte es niemand, Fräulein Schneider und Konrad aufzuhalten, und als Pfarrer Allgöwer nicht davor zurückschreckte, in einer Predigt – in der zweiundzwanzigsten Minute – auf den Fußball als Spiel des Lebens zu verweisen und ihn als festliche Einübung eines solidarischen Miteinanders zu deuten, verstummten die allerletzten Nörgler. Allgöwers Hinweis darauf, dass womöglich schon in der Bibel vom Fußball die Rede sei – etwa in dem von zwei Evangelisten überlieferten Satz „Jesus ging aufs Tor zu, und die Jünger standen abseits“ –, führte dazu, dass in manchem Haushalt am Sonntagnachmittag eifrig in der Bibel geblättert wurde, um dieses vielsagende Zitat aufzuspüren.

Fräulein Schneider hielt sich zunehmend im Hintergrund und zog still und heimlich die Fäden.

Sie nahm wieder Kontakt mit den „Gleichgesinnten" auf, mit denen sie sich vor Jahren in einem Wirtshaushinterzimmer getroffen hatte, und akquirierte zwei der besten Spieler für ihr Turnier. Klaglos entrichteten diese die Teilnahmegebühr, von der lediglich Kinder ausgenommen waren. Sie entwarf ein Flugblatt, das zur Anmeldung einlud, und vervielfältigte es im Kopierladen. Konrad verteilte es in Einzelhandelsgeschäften, legte es in der Schule aus und sorgte mit einer Handvoll Klassenkameraden dafür, dass in jedem Briefkasten der näheren Umgebung ein Exemplar steckte.

Die Interessenten hatten sich bei Fräulein Schneider zu melden, durchliefen eine Art Bewerbungsgespräch und kamen nicht davon, ohne in ihrem Wohnzimmer ein paar Probeschüsse abzufeuern. Blutige Laien hätten bei so einem Turnier nichts verloren. Bald gab es im Viertel kaum ein anderes Thema mehr, und selbst aus anderen Stadtteilen meldeten sich Spielwillige. Ohne dass sich Fräulein Schneider darum hätte kümmern müssen, wurde man in der Redaktion des Käsblatts auf diese ungewöhnliche Weihnachtsaktivität aufmerksam und bat die Initiatorin und Pfarrer Allgöwer um ein Interview, an dem auch Konrad teilnahm. Als der ganzseitige Text schließlich mit der Überschrift „Süßer die Tore nie fallen" im Lokalteil erschien und Konrad mehrfach zitiert wurde, kamen seine Eltern aus dem Staunen nicht mehr heraus. Ihr Sohn in der Zeitung, zusammen mit dem Pfarrer – das war unglaublich, und im Nachhinein beglückwünschten sie sich, zu diesem Erfolg mit dem österlichen Tipp-Kick-Geschenk beigetragen zu haben.

Fräulein Schneider hatte keine Zeit, sich in diesem Ruhm zu sonnen. Die Resonanz in der Presse und im Rundfunk machte es ihr leichter, nach Sponsoren und prominenten Unterstützern Ausschau zu halten. Der Oberbürgermeister, der aufblühte, sobald er eine Gelegenheit sah, sich volkstümlich zu geben und mit einem Viertelesglas auf seine Verdienste anzustoßen, bot sich als Schirmherr an und gab ungefragt zu erkennen, dass er als Kind seine Freizeit vor allem am Tipp-Kick-Brett verbracht habe. Ihm immerhin war es zu verdanken, dass sich bei Pfarrer Allgöwer einer der berühmtesten Söhne der Stadt, der Pianist Ohlicher, meldete und sich bereiterklärte, die Aktion mit einem Benefizkonzert am Vorabend der Halbfinalspiele zu unterstützen. Ihm schwebe vor, legendäre Fangesänge und Clubhymnen auf dem Klavier modern zu interpretieren und musikalisch zum Frieden aufzurufen, ganz generell. Als es dem Theaterintendanten der Stadt schließlich sogar glückte, dem Kommissar-Bienzle-Darsteller und die Kabarettistin Kroymann wohlwollende Statements zu entlocken, kam selbst Fräulein Schneider ins Staunen. Weihnachten und Fußball, das schien eine Traumkombination zu sein.

Doch wie es ihrem Wesen entsprach: Sie gab sich damit nicht zufrieden. So schön es war, dass sich zwei Bäckereien, ein Metzger und ein Friseur, der sich Coiffeur nannte und mit dem Slogan „Vokuhila war vorgestern!" moderne Sportfrisuren versprach, als Sponsoren andienten und ihre Banner rund um das Gemeindehaus postierten, so unüberhörbar grummelte es in Fräulein Schneiders Kopf: Noch fehlte der allerletzte Kick, noch fehlte ein Knüller, der ihrem Weihnachtsturnier die Krone aufsetzen würde. Und wie es zu bestimmten Jahreszeiten geschieht: Wünsche gehen manchmal schneller in Erfüllung, als man denkt. Ein Anruf bahnte die Sensation an, ein Anruf, der sie erreichte, als sie, wie es sich trotz aller Vorbereitungshektik gehörte, Konrad freitags die letzten Kniffe beibrachte, auf dass er es beim Turnier wenigstens in die K.-o.-Runde schaffen würde.

„Schneider, ja?", so meldete sie sich unwirsch ob der Störung, und Konrad traute seinen Ohren nicht, als ihre Stimme allmählich einen ungewohnten Schmelz annahm und man, wenn es nicht so unpassend gewesen wäre, sogar von einem Säuseln hätte sprechen können ...

9

„Bisch du von hier? I bin vom Bodesee", eine un-
frisch riechende Samtjacke schob sich in ihre
Richtung, und sie spürte den biergeschwängerten
Atem eines Mannes auf Geschäftsreise, der den
langen Tag am Tresen einer Kneipe ausklingen
ließ. Sein Getränkekonsum hatte der Uhrzeit gemäß ein verträgliches Maß überschritten, und da
sich fast alle Gäste verkrümelt hatten und der
Wirt nicht zum ersten Mal auf die Uhr sah, freute
er sich über die überraschende Gesellschaft, die
sich plötzlich auf dem Barhocker neben ihm ein-
fand. Eine Frau mit weißgrauen Haaren, die ein
schwarzlila Kostüm und eine Perlenkette trug,
eine füllige, elegante Erscheinung, die nicht zum
schäbigen Interieur des Lokals passte und ihm wie
geschaffen für ein tiefgründiges Gespräch beim
allerletzten Bier erschien.

Eine ganz und gar vergebliche Hoffnung, denn
Fräulein Schneider verspürte nicht die geringste
Lust, sich von einem promillehaltigen Wildfrem-
den anquatschen und den Abend verderben zu
lassen. Sie drehte sich kurz zur Seite, sah ihn stra-
fend an und ließ ihn mit einem „Je ne comprends
rien du tout. Laissez-moi tranquille!" abblitzen.
Französisch – darauf hatte sie gesetzt – verstand
der aufdringliche Geschäftsreisende nicht und
sah sie treuherzig an, wie ein Schaf, das von einem

Gewitterausbruch überrascht wurde. Als sie beim Wirt, auf den Zapfhahn deutend, „Une grande bière" orderte, ließ er brummend von ihr ab, widmete sich seinem Pilsglas und zündete sich eine Zigarette an.

Fräulein Schneider hatte sich klammheimlich aus dem kleinen Jagdschloss davongemacht, sich – Müdigkeit vorschützend – mit einem kurzen Händedruck von der Redakteurin und dem Moderator verabschiedet, der zum wiederholten Mal in Lobeshymnen ausbrach und ihr für die Teilnahme an seiner Sendung dankte. Mit einem Taxi war sie winkend davongerauscht, bis zu ihrem Hotel, das nicht weit vom Bahnhof entfernt lag. Aus Angst, auf andere Talkshowgäste zu treffen, hatte sie am Eingang kehrtgemacht und in einer Seitenstraße die erstbeste Kneipe angesteuert. Als fußballaffine Frau besaß sie keine Scheu, vor düsteren Lokalen, die den Charme der Sechzigerjahre ausstrahlten. Sie brauchte Ruhe und Abstand von dem, was sie in den letzten beiden Wochen und in den letzten Stunden durchgestanden hatte.

Nach dem Anruf aus der Fernsehredaktion war alles blitzschnell gegangen. Ob sie sich vorstellen könne, an Wieland Backes' beliebter Talksendung teilzunehmen. Deren Thema lautete *Es ist nie zu spät: durchstarten im Alter!*, und da sei man auf sie gestoßen, eine Buchhalterin im Ruhestand, die dabei sei, aus ihrer Tischfußballleidenschaft eine wundervolle Benefizweihnachtsaktion zu machen.

Ohne nachzudenken, hatte sie zugesagt ... und sich erst eine Stunde später erschrocken. Sie in einer diese Quasselsendungen, die sie fast nie sah – ein Gedanke, dessen Unvorstellbarkeit sich nach einer weiteren Stunde abschwächte. War sie es nicht gewesen, die Frau Buchwald und dem Pfarrer lang und breit erklärte, wie unverzichtbar ein offensives Marketing für das Gelingen des Turniers wäre? Und hatte sie nicht dem Käsblatt und einem regionalen Rundfunksender bereitwillig Rede und Antwort gestanden? Und was gab es Effektiveres, als im Fernsehen aufzutreten, zudem bei diesem Backes, der so einfühlsam wirkte und seine Gäste ausreden ließ?

Mit einem Glas Weinbrand in der Hand, hatte sie zum Telefonhörer gegriffen, um sich bei Frau Ettmayer Beistand zu holen – was die Sache nicht besser machte, denn ihre Ex-Kollegin bekam sich nicht mehr ein, stieß laute Juchzer aus und hörte nicht auf, ein „Sie im Fernsehen! Nein, so was!" in den Apparat zu kreischen. Am Ende war sie es gewesen, die Frau Ettmayer beruhigen und versprechen musste, ihr den genauen Sendetermin sofort mitzuteilen.

Von da an ging alles Schlag auf Schlag. Sie telefonierte lange mit einer Redakteurin, die sichergehen wollte, es nicht mit einer bekloppten Alten zu tun zu haben. Kurz darauf erhielt sie einen offiziellen Vertrag, der sogar ein kleines Honorar vorsah, und sie fand sich drei Wochen später in diesem Jagdschloss ein, wo die Sendung aufgezeichnet wurde. Stunden brachte sie in der Garderobe zu, wo sich eine Schminkerin oder wie dieser Beruf hieß mit sorgenvoller Miene über ihr Gesicht und ihr Dekolleté beugte. „Na, für diese Sendung müsste es eine Sonderzulage geben", brummte sie unwillig, „bei den vielen Ausbesserungsarbeiten."

Fräulein Schneider schloss die Augen, ließ alles geduldig über sich ergehen, zuckte beim Anblick ihrer mit rötlichem Puder überzogenen Wangenknochen kurz zusammen und wurde nach einer Stunde dem Moderator zugeführt. Der begrüßte sie – ein Kavalier der alten Schule, der nicht peinlich wirkte – mit einem Handkuss und beließ es bei dem Hinweis, dass sie sich ganz natürlich geben und frei von der Leber weg erzählen solle. Von einer Redakteurin, die fünfmal aufgeregter als sie war, erfuhr sie, wer außer ihr mit von der Partie wäre, ein Oberstleutnant, der in später Einsicht Aktivitäten der Friedensbewegung organisierte, eine Schlagersängerin, die ein Schulprojekt in Indien unterstützte, und eine über neunzigjährige Hauswirtschaftslehrerin, die Naturgedichte veröffentlichte und sich bei den Grauen Panthern engagierte.

Wie schnell alles vorbeigegangen und wie wenig von ihrer anfänglichen Nervosität geblieben war! Zuerst hatte sie sich ängstlich umgesehen, sich an den grellen Scheinwerfern gestört und unauffällig an ihrem Rocksaum gezogen, der – egal, wie sie die Beine anwinkelte – ständig ihre Knie freigab. Als Wieland Backes sie anlächelte, war die Angst vor unangemessener Blöße jedoch vergessen. Frauen und Fußball, das sei noch immer eine seltene Verbindung, so stieg er in das Gespräch ein, und binnen weniger Minuten breitete sie ihre Leidenschaft aus, erzählte von Wankdorf, Wembley, Córdoba und landete endlich beim Tischfußball. Wie sie darauf gekommen sei, im Ruhestand „durchzustarten", warum mit diesem merkwürdigen Turnier, für das sich ein leibhaftiger Pfarrer, Kommissar Bienzle und die halbe Stadt stark machten, und was das mit Weihnachten zu tun habe.

Fräulein Schneider kam in Fahrt, sie führte aus, dass sie eine Zeit lang überlegt habe, eine Detektei zu gründen, schließlich sehe sie, was für Lacher im Publikum sorgte, einer englischen Ermittlerin recht ähnlich, und sie ließ keinen Zweifel, dass so ein Turnier Jung und Alt zusammenführe und in die Adventszeit passe wie der Esel in den Stall von Maria und Joseph. Wieland Backes begnügte sich damit, ihren Redefluss mit kleinen Randbemerkungen zu garnieren, während der Oberstleutnant an Fräulein Schneiders Seite in seinem Sessel unruhig hin und her rutschte, offenkundig in Sorge darüber, nicht mehr ausreichend zu Wort zu kommen.

Nach einer Viertelstunde lenkte Backes das Gespräch geschickt dem Ende zu und fragte Fräulein Schneider, ob sie, da ihr großes Turnier nun unmittelbar bevorstehe, noch einen Wunsch habe. Die Angesprochene zögerte einen Moment und beugte sich schließlich nach vorne, als wollte sie Wieland Backes eine Mitteilung machen, die nur für ihn bestimmt war. Sie senkte die Stimme, so-dass die Hauswirtschaftslehrerin an ihrem Hörge-rät zu nesteln begann, und sagte: „Wissen Sie, Herr Dr. Backes, fast alle machen sie mit und un-terstützen das, was der kleine Konrad und ich uns überlegt haben. Einer aber fehlt mir noch zum Glück, einer unserer frischgebackenen schwäbi-schen Weltmeister! Wenn also der Jürgen Klins-mann, unser Klinsi, zur Eröffnung unseres Tur-niers käme, sozusagen den Startschuss geben würde, das wär ... da würde ich ... ja, das wär's!"

„Une autre bière, s'il vous plaît". Fräulein Schneider zeigte kein Erbarmen mit dem müden Wirt und blieb sicherheitshalber beim Französi-schen, da der Geschäftsmann in Samt partout keine Anstalten machte, seine halb liegende, halb sitzende Position aufzugeben. Erst als er unsicher aufstand, Fräulein Schneider ein „Du bisch et von hier" zuraunte und versuchte auf den Gehweg zu gelangen, quälte sie den Wirt nicht länger mit ihrem Schulfranzösisch.

Sie im Fernsehen, wahrscheinlich hatte die ganze Kirchengemeinde zugesehen, ihre alten

Arbeitskollegen und Konrad hoffentlich auch, schließlich war Freitag und am nächsten Tag schulfrei, da würde seine Mutter zwei Augen zudrücken. Mehr konnte man für das Turnier nicht tun. Es ist nie zu spät, dachte Fräulein Schneider, und wischte sich mit ihrem Jackettärmel den Schaum von den Lippen.

10

Dieses Jahr gab es eine Tanne. Zwar kein Prachtexemplar, doch kein Vergleich mit der kümmerlichen Fichte vom letzten Jahr. Fräulein Schneider hatte für Ordnung gesorgt in ihren vier Wänden, etliches ausgemistet, und ja, sie hatte eine Christbauminvestition getätigt, an echte Kerzen gedacht und sich sogar beim Lametta bemüht, das nur noch in kleinen Fladen auf den Ästen lag. Dass Konrad am Heiligabend bei ihr aufschlagen würde, stand nie in Zweifel, unabhängig davon, was in den letzten Wochen auf sie eingestürzt war. Sein Vater hatte eine seiner besten Weinflaschen, einen Riesling Spätlese, in den Geschenkkorb gelegt und ließ schönste Grüße ausrichten. Unglaublich, dass seine Kollegin, die resolute Miss Schneider, zu einem Medienstar geworden war, um den sich inzwischen sogar die überregionale Presse kümmerte. In der Firma war sie tagtäglich das Kantinengespräch Nummer eins; Wettgemeinschaften bildeten sich, die seit dem Nikolausabend alle Spiele diskutierten und hohe Einsätze riskierten. Diese sollten am Ende im Afrika-Benefiztopf landen, und die Unternehmensleitung hatte zugesagt, den Betrag zu verdoppeln.

Da saßen sie, Fräulein Schneider und Konrad, abgekämpft und erschöpft, ja, und überglücklich zugleich. Mit dem Talkshowauftritt hatte die

Sache eine Dynamik angenommen, die sich niemand hätte träumen lassen. Funktionäre des Deutschen Fußball-Bunds hatten versucht, Einfluss zu nehmen und sich mit der Aussicht auf Spenden einen Startplatz zu sichern – und waren an Fräulein Schneiders Standfestigkeit kläglich gescheitert.

Zwei Tage nach der Fernsehsendung geschah schließlich das Unglaubliche. Da klingelte das Telefon, als Fräulein Schneider bei einem alten Spielfilm mit Peter Alexander und Gunther Philipp selig schlummerte. Schlaftrunken nahm sie ab und hörte eine kraftvolle Männerstimme, die sich mit „Management Jürgen Klinsmann" meldete. Ob sie diese Frau aus der Sendung sei, die Frau, die sich wünschte, dass „der Jürgen" diese Tischfußballsache promoten würde. Fräulein Schneider sagte zu allem Ja und Amen und war, was ihr im Leben selten geschah, überwältigt von dem, was ihr der Manager da sagte. Man sei auf diese Aktion aufmerksam geworden, und Herr Klinsmann, der ja ein weltläufiger, sozialen Dingen gegenüber aufgeschlossener Mann sei, wolle gerne seinen Beitrag leisten und seine Bekanntheit als Weltmeister in den Dienst einer guten Sache stellen. Terminlich sei es unter Umständen möglich, dass er am Nikolaustag anreisen und gewissermaßen den Anstoß des Turniers ausführen könnte.

Alle Details würde er, sagte der Manager, ohne auf Fräulein Schneiders Ja-und-Amen-Zwischenrufe zu achten, gern mit der Pressechefin des Turniers besprechen. Pressechefin? Fräulein Schneider fiel dazu nichts ein, ehe sie nach ein paar Schrecksekunden auf Frau Buchwald kam und deren Telefonnummer weitergab. Wenn es gelang, sie vorzuwarnen, würde die Gemeindesekretärin an ihrer Aufgabe wachsen und als frischgekürte Pressechefin mit Klinsmanns Büro alles klären und, das schien dem Manager sehr wichtig, die Medientermine rund um das Ereignis koordinieren.

Weißt du noch, Konrad, wie es war, als du auf Jürgen Klinsmann gewartet hast vor dem Gemeindehaus? Wie er aus seinem Mercedes Cabrio ausstieg, der Kirchenchor ein „Lasst uns froh und munter sein" schmetterte und Pfarrer Allgöwer ihn vor Aufregung mit „Lieber Jochen Klinsmann" begrüßte? Nein, Konrad hatte nichts vergessen von dem, was an diesem Tag, ja, was in den letzten zwölf Monaten geschehen war. Klinsi hatte geduldig Autogramme verteilt, für die Fotografen posiert und Pressechefin Buchwald in den Arm genommen. Wenn er mit gespreizten Fingern durch seine blonde Mähne fuhr, verklärten sich die Augen der jungen Frauen, die für das Ereignis eigens angereist waren, aus Ravensburg, Knittlingen und Gerabronn. Und da Konrad das Auftaktspiel gegen einen Sparkassenangestellten bestreiten durfte, sah er Klinsi direkt ins Gesicht, als der in eine

Trillerpfeife blies und das Weihnachtsturnier auf Deutsch und Englisch für eröffnet erklärte.

Konrad war in diesem Jahr nicht nur um ein paar Zentimeter gewachsen. Er merkte, wie seine Mutter ihn nicht mehr wie einen kleinen Jungen behandelte, den man ständig mit Ratschlägen und Anweisungen versorgen musste, und er war kein kleiner Junge mehr. Die Spieltage vergingen wie im Flug ... Fräulein Schneider strich ihm übers Haar und fragte ihn nach seinem Endspieltipp. Am Tag zuvor waren die Halbfinalspiele über die Bühne gegangen. Hausmeister Roleder benötigte Aushilfen, um im Gemeindesaal kleine Holztribünen aufzubauen. Der Andrang auf Karten war enorm, kein Tag, an dem nicht das „Ausverkauft"-Schild über der Eingangstür hing. Für die K.-o.-Rundenspiele seien Karten auf dem Schwarzmarkt gehandelt worden, stand im Käsblatt. Hätte man – diese Abschweifung sei erlaubt – damals schon etwas von Public Viewing gehört –, dann hätte man mit Sicherheit ein Public Viewing veranstaltet. Immerhin ließ es sich der Rundfunk nicht nehmen, einen seiner bekanntesten Reporter, Gerd Million, ins Gemeindehaus zu entsenden, und sogar in den abendlichen TV-Landesnachrichten sah man Jürgen Klinsmann und Fräulein Schneider im fachkundigen Gespräch, wahrscheinlich über den umstrittenen Elfmeter, der Deutschland den WM-Titel eingebracht hatte.

Konrad, der immerhin die Gruppenphase überstanden hatte, ehe er an einem Abiturienten in letzter Sekunde gescheitert war, wagte keinen Tipp, wer an Silvester die Trophäe, eine fünfzig Zentimeter hohe, vergoldete Tipp-Kick-Figur, aus dem Gemeindehaus tragen würde. Bei den Halbfinalspielen am Tag davor hatte es eine faustdicke Überraschung gegeben, als Frau Schlienz, eine harmlos wirkende Bibliotheksangestellte, die, kaum dass sie am Tipp-Kick-Tisch stand, zu einer furchtlosen, mit ausgebufften Tricks arbeitenden Spielerin wurde, einen Tischfußballveteranen aus Affaltrach, der in jungen Jahren sogar einem Verein angehört hatte, in die Knie zwang. 3:2 nach Verlängerung lautete das Ergebnis, das im Saal für ungläubigen Jubel sorgte. Als Frau Schlienz ihren Sieg zudem mit der Beckerfaust feierte, gab es kein Halten mehr, und Pfarrer Allgöwer musste Teile des Publikums davon abhalten, die Spieltische zu stürmen.

Frau Schlienz würde es, fügte Konrad hinzu, im Finale dennoch schwerhaben und sich an ihrem Gegner vielleicht die Zähne ausbeißen. Ein unauffälliger junger Mann namens Müller, der als Sozialpädagoge beim Paritätischen Wohlfahrtsverband arbeitete und in seiner Freizeit als Außenverteidiger für einen Zabergäu-Club auflief, hatte sich ohne Kraftanstrengung ins Finale durchgeschlängelt und dabei kaum Gegentore zugelassen. Er setzte psychologische Tricks ein, sah seinen

Kontrahenten immer wieder unvermittelt in die Augen, schüttelte scheinbar resigniert den Kopf und legte seinen Abwehrspieler manchmal auf das Filztuch, was für große Verwirrung sorgte.

Carla Schlienz gegen Johannes Müller – das war die Endspielpaarung, auf die Hunderte von Wetten abgeschlossen wurden. Das Käsblatt kündigte für den 27. Dezember ein großes Gewinnspiel mit lukrativen Preisen an. Fräulein Schneider und Konrad bekräftigen einander in der Anschauung, dass sie beiden Spielern den Sieg gönnen würden. Auf ein fesselndes Finale durften sie sich allemal freuen.

Fräulein Schneider lehnte sich zurück, Konrad im Arm, und biss in eine Nussmakrone. Auf selbstgemachte Brötle hatte sie diesmal verzichtet und stattdessen bei einem Konditor in der Innenstadt für ein Schweinegeld, wie sie betonte, zwei Tütchen erlesener Plätzchenkreationen erstanden. Weißt du was, Konrad? Ich freue mich zum ersten Mal seit vielen Jahren wieder auf Weihnachten. Am gestrigen Tag, dem dreiundzwanzigsten, du weißt, habe ich kein einziges Mal geweint. Vor lauter Tipp-Kick bin ich tagsüber ohnehin nicht zum Grübeln gekommen, und abends habe ich bei einem Glas Wein in aller Ruhe an meinen Roland gedacht und an mein Leben. Das war kein schlechtes bisher, und ein paar Jährchen habe ich ja vielleicht noch. Schau, jetzt steht Rolands Foto oben auf der Anrichte, neben der alten Kickerfigur, das ist sein Platz ein- für allemal. Vielleicht kann ich Pfarrer Allgöwer davon überzeugen, unser Turnier nach ihm zu benennen – das Roland-Hartmann-Weihnachtsfußballgedächtnisturnier, das wäre doch ein Name, den man nicht so schnell vergisst, oder?

Konrad nickte stumm, spürte, wie sich sein Hals zusammenschnürte. Er sah hinauf zu dem Fotorahmen, dessen Trauerband fehlte. Und ehe ihm die Tränen kamen, fiel ihm der Brief seiner Mutter ein. Er kramte in seinem Korb und überreichte Fräulein Schneider den Umschlag. Sie öffnete ihn verdutzt und las vor: Liebes Fräulein Schneider! Unser Konrad hat Ihnen so viel zu verdanken – und wir auch. Würden Sie uns am ersten Weihnachtsfeiertag die Ehre geben, zum Mittagessen zu kommen? Es gibt gefüllte Gans mit Rotkraut und selbstgemachten Kartoffelknödeln, für die sich mein Mann ordentlich ins Zeug legen wird. Wir freuen uns auf Sie! Ihre Familie Geiger!

11

Noch immer stand Konrad im Hausflur und starrte auf die Traueranzeige. Erst als der Hausmeister – hieß der Roleder? nein, das war ein anderer – ihn am Ärmel zupfte und fragte, ob es ihm gut gehe, fuhr er zusammen und stammelte eine Entschuldigung. Ja, an dieses Weihnachtsessen erinnerte er sich, es zog sich bis in den späten Nachmittag. So fröhlich hatte sie nie zuvor bei Mutters Gans zusammengesessen. Fräulein Schneider aß für zwei und ließ sich nicht zweimal bitten, auf die fetthaltige Mahlzeit mit einem Birnengeist anzustoßen. Konrad blieb die ganze Zeit am Tisch sitzen, er gehörte dazu.

Wie das Endspiel damals, dreißig Jahre war es wohl her, ausgegangen war? Er wusste es nicht mehr, ärgerte sich, dass er es nicht mehr wusste, und beschloss im Zeitungsarchiv anzufragen. Das Käsblatt hatte sicher groß berichtet in seiner ersten Januarausgabe.

Jahre später hatte er Fräulein Schneider aus den Augen verloren, das Turnier fand alle zwei Jahre statt und war lange Zeit mit ihren Namen verbunden. Erst als er die Stadt verließ, zu studieren begann, brach der Kontakt zu ihr ab. Seine Eltern erwähnte ihren Namen gelegentlich, irgendwann kandidierte sie für den Gemeinderat.

Besucht hatte er sie nie mehr, auch nicht am Heiligabend.

Er verschloss den Briefkasten und blickte zur Haustür, als hätte ihm Fräulein Schneider die ganze Zeit über die Schulter geschaut. Dieses Tischfußballspiel hatte alle Moden und Neuerungen überlebt, vielleicht würde er sich ein Set kaufen. Ob er noch alle Kniffe beherrschte, die ihm Fräulein Schneider beigebracht hatte?

© Gunter Glücklich

Rainer Moritz, 1958 in Heilbronn geboren, ist promovierter Literaturwissenschaftler. Seit 2005 leitet er das Literaturhaus Hamburg. Er ist Essayist, Übersetzer und Autor zahlreicher Bücher, darunter zuletzt „Mein Vater, die Dinge und der Tod", „Leseparadiese. Eine Liebeserklärung an die Buchhandlung" und „Zum See ging man zu Fuß. Wo die Dichter wohnen".

Zsuzsa Bánk
Weihnachtshaus

edition chrismon

112 Seiten | 11 x 18 cm
Hardcover
ISBN 978-3-96038-151-8
EUR 12,00 [D]

Zwei Freundinnen betreiben gemeinsam ein Café.
Mit einer guten Gabe Humor und Lebensklugheit
meistern sie ihren Alltag – als Mütter, Geschäfts-
frauen und Besitzerinnen eines Wochenendhauses
im Odenwald: unbewohnbar noch, das Dach offen,
keine Fenster. Doch immer wieder Ziel ihrer Träume:
Irgendwann einmal hier Weihnachten feiern, alle zusammen ... Eine beglückende Geschichte von einer
innigen Freundschaft, vom Loslassen und Anneh-
men, vom Aufbrechen und von Momenten, in denen
man das Leben beim Schopf packen muss.

EVANGELISCHE VERLAGSANSTALT
Leipzig www.eva-leipzig.de

Tel +49 (0) 341/ 7 11 41-44   shop@eva-leipzig.de

Jana Hensel
**Der Weihnachtsmann
und ich**

edition chrismon

112 Seiten | 11 x 18 cm
Hardcover
ISBN 978-3-96038-207-2
EUR 12,00 [D]

Es war nicht mehr als eine blasse Kindheits-
erinnerung: Vor vielen Jahren war sie mit ihrem
Vater an Heiligabend losgezogen, um Geschenke in
der Nachbarschaft zu verteilen. Sie als Wichtel, er als
Weihnachtsmann. Als sie nun für ihren kleinen Sohn
selbst den Weihnachtsmann spielen soll, wird die
turbulente Vorweihnachtszeit zu einer Reise in die
Vergangenheit – an Kindheitsjahre in Leipzig und an
das Weihnachtsfest 1989, von dem an alles anders
werden sollte.

EVANGELISCHE VERLAGSANSTALT
Leipzig www.eva-leipzig.de

Tel +49 (0) 341/ 7 11 41-44   shop@eva-leipzig.de